留学

全滋味 TO Study Abroad

高宏 / 著

山东人民出版社

国家一级出版社 全国百佳图书出版单位

图书在版编目（CIP）数据

留学全滋味/高宏著.－－济南：山东人民出版社，
2016.11

ISBN 978-7-209-09293-7

Ⅰ．①留… Ⅱ．①高… Ⅲ．①散文集－中国－当
代 Ⅳ．①I267

中国版本图书馆CIP数据核字(2016)第231847号

留学全滋味

高 宏 著

主管部门 山东出版传媒股份有限公司
出版发行 山东人民出版社
社　　址 济南市胜利大街39号
邮　　编 250001
电　　话 总编室 (0531) 82098914
　　　　　市场部 (0531) 82098027
网　　址 http://www.sd-book.com.cn
印　　装 山东省东营市新华印刷厂
经　　销 新华书店

规　　格 16开 (165mm×235mm)
印　　张 11.25
字　　数 150千字
版　　次 2016年11月第1版
印　　次 2016年11月第1次
ISBN 978-7-209-09293-7
定　　价 35.00元
　　　　　如有印装质量问题，请与出版社总编室联系调换。

序 留学全滋味

——献给正在留守和即将留守的留学生妈妈们

2011 年 8 月，我的女儿去美国留学了。思念和牵挂始终伴随着我，女儿每天都会在 QQ 上和我交流，时间充裕的话我们还会视频聊天。有一次她跟我说，她的同学好几天才和家里联系一次，而她每天不管多忙也要给我留言，否则会怕我担心，感觉很有负担。我说我们也可以几天交流一次的，可是每天我还是会等她的消息，她也仍然会每天都给我留言，有时因为时间紧，她就只写几个字，报个平安。不知不觉，我们都习惯了这样的交流方式。想她的时候，我会浏览以往的消息记录，那字里行间真实地记录了她出国后的种种经历。每当这时，我会不由自主地沉浸在回忆里，有思念、有担忧、有欣慰、有感慨，更有我对女儿全部的爱。我想，我要把这些整理出来，把女儿留学期间的全部感受分享给千千万万个留学生妈妈们！

目 录

留学全滋味

目
录

启 程

2011 年 8 月，正值盛夏，我和女儿艾丽在整理她出国要带的东西：衣服、笔记本电脑、护照、资料、常用药……两个大号旅行箱，一个中号旅行箱，还有一个书包，塞得满满当当，也满载着全家的希望。

艾丽的留学之行就要开始了，我的心情难以描述：高兴？是当然的，去美国留学是她一直以来的梦想，现在终于梦想成真了。担心？是必然的，艾丽孤身一人远赴异国他乡，会出现什么预料之外的情况，不得而知。不舍？作为独生女儿，刚满 20 岁的她要在陌生的环境独立生活，我有一千个一万个不舍得。随着启程时间的临近，我的心情愈发紧张，反复考虑艾丽可能遇到的困难以及解决的办法，向了解情况的熟人请教应该注意的事项，再三嘱咐艾丽沉着、冷静地处理问题。

8 月 14 日上午，艾丽的叔叔、婶婶和我们一起出发，直奔北京。一路上，优美舒缓的音乐在车厢里回荡，大家也一直在聊些轻松的话题，可是我的心情却一点也不轻松，宝贝女儿倒是有说有笑。下午 3 点左右，天有些阴了，不一会儿下起了小雨。我们在首都机场附近的旅店安顿好以后，就去吃晚饭，

1

我特地给艾丽点了她爱吃的几样菜和水饺，我却几乎什么也吃不下。阴沉沉的天空不时有飞机掠过，在不远处的机场降落，天气预报明天仍然有雨，不知艾丽乘坐的航班能否按时起飞。

夜深了，外面的雨时紧时慢地下着，我和艾丽紧挨着躺下，心中百感交集。俗话说"儿行千里母担忧"，更何况艾丽是到远隔千山万水的美国，而且此番一别，要到明年暑假才能相见。这时艾丽突然说："妈妈，我想你了。"我立即回应："你现在后悔还来得及。"我们相视而笑，如果现在打退堂鼓，那可真成笑话了。看她的情绪，兴奋大于焦虑，我也轻松了许多。

我几乎整夜未眠，不时轻轻地抚摸着她，艾丽却睡得比较踏实。虽然定了早起的闹铃，我还是忍不住过一会儿就看看表。凌晨4：30，我们按时起床，简单洗漱后，迅速吃了点早餐，然后直奔首都机场2号登机楼。排队、托运行李、安检、出海关，这一切都是由艾丽自己去办理，我们只是在旁边协助她。看着她忙碌的样子，我忽然间觉得艾丽已经长大了，不再是那个在家里需要爸爸妈妈照顾的小女孩了。办完手续后，艾丽和我们道别，她好像有什么话要说，终于什么也没说，向我们挥了挥手，依依不舍地转身离去。我努力追寻着她的背影，但是她很快就走出了我的视线，即刻消失在熙熙攘攘的人群中。

我的心里空落落的，无精打采地坐在休息区，不一会儿，我收到了艾丽的短信："其实特别舍不得你们，本来还想和你们拥抱一下呢……明年回来还你们一个破茧成蝶的新宝贝！"看着短信，我一直强忍着的眼泪夺眶而出。

从昨晚到今天，雨一直下着，我们在机场徘徊，等待飞机起飞后再离开。果然，因为天气原因，本来8：55的航班直到9：30才起飞。望着灰蒙蒙的天空，我的心里满是无奈和失落，真想和艾丽一起飞向遥远的大洋彼岸。我默默地祈祷：保佑女儿旅途顺利，安全到达学校。

顺利到达学校

　　我们原计划在北京多待几天，释放一下这几天的紧张情绪。但是从机场出来，却什么也做不下去，一系列的担忧袭来：艾丽中途转机是否顺利，几点才能到学校，飞机上吃得怎样，倒时差身体能否吃得消，最担心的是天气不好，会影响到飞机的安全。满脑子都是女儿的事情，只好当天晚上打道回府，守在电脑前等候消息。

　　终于，晚上 21：56，盼来了艾丽的 QQ 留言："我在西雅图机场，放心，遇到一个同行的人。""电脑直接无线上网，太爽了！一路上遇到的人都特别好！""反正感觉美国很好，周围的人素质很高！很干净！"

　　西雅图是艾丽的转机地，北京到西雅图的飞行时间大约是 11 个半小时，休息一个多小时后，她还要继续飞往盐湖城，再转一次机才能到达圣路易斯。当晚，艾丽要在圣路易斯住一宿，第二天学校会安排接机，再乘坐 2 个小时左右的长途汽车，才能到达她的学校——东南密苏里州立大学（Southeast Missouri State University）。如此漫长的路程，艾丽一定会很累。我嘱咐她抓紧时间休息，别误了下一趟航班，我却仍然一夜没合眼。8 月 16 日早

3

上 8：09，终于收到了艾丽的消息："我已经到达圣路易斯的 PEAR TREE 旅店，条件不错，两人间，价格便宜，环境很好。和我住一个房间的女生也和我同一所大学，我俩明天一起去学校，还能互相照应。我本来挺兴奋的，旅途也特别顺利，但是现在感觉特别累，也特别想家，希望能尽快克服吧。"我叮嘱她赶紧休息，尽快适应新环境。

第二天上午，学校派来的接机人员到达 PEAR TREE 旅店，把艾丽和另一个女生一起接到位于圣路易斯东南部开普吉拉多角市的校区。接机人员是学校国际学生中心委派的，其中有一名来自法国的留学生，听说艾丽来自中国，立即兴奋起来，非要让她写个毛笔字看看。艾丽说没带毛笔，他就请求艾丽拿普通的笔给他比画一下写毛笔字的样子，还要艾丽给他写一下"中国"。第一个字比较简单，那法国男生边学边说：不算难。写第二个字时，男生说这个"国"字太难了。艾丽给他解释说这还不算是最难的汉字，又给他写了个"藏"字，这男生无从下笔，傻在那里了，"啊？这也是个字吗？"看来，对很多外国人来说，中国是一个古老的国家，中国文化和汉字更是神秘而有趣。

留学全滋味

PEAR TREE 旅店

西雅图的上空

3

准备开学

　　艾丽的学校——东南密苏里州立大学，是一所综合性公立大学，是美国北方中心联盟信赖单位，学校所拥有的众多国家与国际项目均达到严格标准，被美国新闻杂志和世界报道杂志承认。学校在 2006 年美国新闻与世界报道（U.S. News and World Report）中被评为"美国最好的大学"之一。学校所在地——开普吉拉多角市多年来一直是当地的教育中心。该市建于 1793 年，位于密西西比河畔，是美国最古老的城市之一，拥有众多名胜古迹。当时我们选择这所学校，首先是因为女儿想学的会计学是这所学校的优势专业，学校的师资力量很强，教学质量有保障。再者，学校位于美国中部，费用较低，自然条件较好，冷热适中，适应起来比较容易。

　　学校拥有 1 万多名在校学生，外籍学生来自 40 多个国家和地区，但中国留学生数量并不多。学校的设施很先进，有行政楼、教学楼、图书馆、宿舍、实验楼、体育馆等，网络覆盖全校。该校成立于 1873 年，有 6 个学院，分别是商学院、教育学院、健康与服务学院、文学院、数学与科学学院和理工学院，向学生提供超过 150 个专业的相关课程。学校采用小班教学制，每班人数在 25～30 人。其中的哈里森商学院（Harrison College of Business）通过了美国商学院协会（AACSB）的国际认证，连续 5 年荣登《普林斯顿评论》"最优秀的商学院"之列，艾丽申请的正是哈里森商学院的本科会计学专业。

由于学校提供的宿舍价格较贵，并且只有双人间和三人间，艾丽便决定去了以后先住在学校附近的旅馆，然后再去找房子。但这样有可能错过合适的房源或者租到的公寓还不如学校的宿舍好，可是艾丽仍然坚持实地勘查后才能放心租住。

当地时间 8 月 18 日下午，艾丽克服了倒时差带来的身体不适，辛苦奔波了近三天，终于找到了比较理想的公寓：两室一厅，室内设施一应俱全，生活方便，环境安静，租金较低，只是房间位于半地下室，通风不太好。合租的舍友是一个广东姑娘，比艾丽早几年来这里上学，她热情地给艾丽介绍了学校的情况。总之，各方面都很满意，艾丽决定租下来。她先交了400 美元的押金和三个月的租金给房东，然后去旅馆退掉房间，把行李搬到

公寓外景

卧室

厨房

了公寓，只用了半天的时间，艾丽的"家"就基本安顿好了。

　　和美国的其他高校一样，艾丽的学校也实行学分制。学分制的主要特征为：选课形式的多样性、学制的弹性化、学业评价的绩点制、学习过程的指导性、学分转换的认可性。学分制也充分体现了美国"以学生为主体，尊重个体差异，注重个性发展"的教育理念。通常一、二年级学生（freshman和 sophomore）的课程比较多元化，有数学、英语、物理、化学、生物、艺术和体育之类的通识课程，大三（junior）开始有专业基础课，大四（senior）便是有难度的专业课程了。美国大学属于阶梯式教育，只有完成了之前的课程才允许学习更深的后续课程。如果学生某一门课程的成绩不及格，是不允许"补考"的，必须要到下一个学期再重修这门课（retake），直到考试通过。所以美国的大学都是弹性学制，学生修够了学分就能毕业，毕业的时间完全取决于学生的学习进度。对于刚来美国的国际学生来说，要在短时间内了解学分制的详细规定是比较困难的，需要请教指导老师或高年级的同学。艾丽刚到美国，倒时差、找房子、办理电话卡等等，忙得不可开交，在选课时颇费周折，最后选定了心理学、欧洲早期历史、英语写作和生物四门功课。

　　短短三天的时间里，艾丽交纳了学费，购买了教材，打印出课程表，又和舍友一起去超市买了一些生活用品。她的英语日常口语和听力都很好，这些事情完成得也很顺利，一切准备就绪，只等周一正式开学了。我们得知这些情况，都感到很欣慰。

　　然而，我们都浑然不觉，一个大麻烦正在悄悄地向我们袭来！

3

准备开学

4

护照风波

　　在艾丽住进公寓的第二天，她忽然发现装护照的信封不见了，里面除了护照，还有一些其他材料，但是最重要的是护照。在国外，没有护照等于国内没有身份证，就是"黑人"，什么都做不了。我一听到这个消息，脑袋"嗡"的一声就大了，但还是强迫自己镇静，帮她分析护照可能落在的地方：住过的旅馆、在学校报到时经过的办公室、教室、图书馆等，不断安慰她。懂事的艾丽在这个时候还反过来安慰我，让我别着急，她会处理好。

　　以下是当时的QQ记录：

2011.8.20

　　妈妈22：38：56：再仔细找找，冷静想一下，别着急。一定不要乱了方寸，否则会接二连三地出问题。把其他贵重东西放好，再累也要把事情都处理好，该花钱的时候就花，我们相信你有这个能力。

　　艾丽22：39：22：我就是觉得自己很白痴。

妈妈22:46:26：别这么想，你前期做得都很好。我们把你送出国就是对你信任，不要被暂时的困难吓倒。其实这些都是锻炼你处理问题能力的机会，慢慢地就会好起来了！

艾丽22:52:41：旅馆回信说没有哦，你先睡吧。

妈妈22:54:46：再好好想想过程。

艾丽22:56:27：脑子快炸了！

艾丽23:17:42：你怎么还不睡？我马上就出门，继续找，你等着没用的。

妈妈23:19:14：那快去吧，祝你顺利！

2011.08.21

艾丽4:09:21：依旧没找到，不过我还在努力找，因为这边是周末，估计要等到周一才会有结果。

艾丽4:11:33：你别着急。我现在真后悔来这里。

妈妈4:24:09：我们都别着急了，着急也没用。尽量找，找不到就补办，这没有什么。

艾丽9:42:08：我觉得不是落在旅馆，就是那个当时跟我同住的女生拿错了。可现在联系这两边都说没有，那我只能等周一学校有人上班了再去问。

妈妈9:42:55：该吃就吃，该睡就睡，沉着应对。晚饭吃了吗？妈妈担心你着急，身体容易长病，那就更麻烦了。

艾丽9:45:32：我吃过了。

妈妈9:59:59：有事随时和我们联系，你现在正在倒时差，注意休息。我总觉得你那护照丢不了，就那么几个地方，去过的地方找一遍，再检查一下你所有的包，说不定是自己放丢了。出门遇到不顺利的事情是难免的，要尽量保持一个好的心态，沉着冷静地应对各种情况。出了问题，要好好思考一下问题出在哪里，怎么解决更好一些。学习上也是这样。我们相信你能坚强面对，会将困难克服的。

4

护照风波

艾丽 23：32：58：哦哦，我知道了。我去学校反映过情况了，他们让我再等等，发动所有人找，找不到再补办。

艾丽 23：33：29：下午去沃尔玛买了些东西，晚上开始自己做饭了。

艾丽 23：34：08：你们千万不要担心我，周围的人都很好。

　　时间又过去了两天，还是没有任何关于护照的消息，于是艾丽到警察局报了案。艾丽之前在国内被盗过身份证、银行卡、现金等，现金是不可能找回来的，及时挂失身份证、银行卡，过后再补办，基本没有损失什么，只是很麻烦。这次丢失护照的事虽然不一定是被盗，但最起码是艾丽没有用心保管好这些重要物品，以前我也反复叮嘱她改掉丢三落四的坏毛病，可这次仍然出现了这个事情。

　　我潜意识里始终觉得护照并没有丢，它只是暂时躲在某个角落里，捉弄一下这个粗心大意的主人。很快，一周的时间过去了，仍然没有任何线索。我也着急了，开始多方打听怎样补办护照，艾丽也向学校的留学生服务中心寻求帮助。询问的结果是，像艾丽这种情况只能到距离学校较近的芝加哥中国领事馆补办护照。可是无论是乘飞机还是坐火车去芝加哥，都要有护照才可以购票，况且艾丽的学校距离机场和火车站都比较远，在这种情况下开车去芝加哥是最方便的，但首先要找到一位有车并且肯帮忙的同学，再开6个多小时的车才能到达芝加哥。艾丽硬着头皮多方打听有车的同学，然后向人家说明情况，希望能抽时间带她去芝加哥补办护照。终于，有个美国男生表示，11月份学校放假时可以开车带她去。艾丽非常高兴，千恩万谢，来回的汽油钱、当地的住宿费等事宜也基本谈妥了。后来，为了安全，艾丽又联系到了一个中国男生陪她一起去，但是当艾丽跟美国同学说还有一个中国男生也要一起乘坐他的车时，那美国男生又变卦不去了。艾丽郁闷至极，情绪一落千丈。这段时间，艾丽的心理压力越来越大，生活还没有完全适应，学习上的困难也比较大，护照的事情让她更加心神不宁。她一再自责，觉得自己是个特别不让人省心的孩子，甚至有一次在和我们

留学全滋味

视频时委屈地大哭起来。

看到女儿在人生地不熟的美国独自面对诸多困难，我却一点都帮不上她，我的心情也糟透了，甚至后悔让她出国留学。但是理智告诉我，这个时候绝不能流露出半点负面的情绪，只能不断地安慰和鼓励她，我连夜给艾丽写了封信。

亲爱的女儿：

今天和你视频聊完以后，我的心情久久不能平静。现在国内是9月2日晚上的23：30，算起来你离家只有14天，但我的感觉却很漫长。每次和你交流的时候，我总是担心耽误你太多时间，都没有完整地表达我的意思。我觉得应该给你写封信，提几点建议，你有空的时候看看。

一是调整好心态：国外不是什么都好，国内也不是什么都差，这在你出国之前就有这样的心理准备。其实这在很大程度上是个习惯问题，你在国内生活了20多年，一下子改变了这么多，一时不适应环境是很正常的。我们觉得在这短短的14天里，你能顺利倒过来时差，生活初步适应，按时去上课，这是个很好的开始，已经很了不起了，应该充分地肯定自己。

二是不要怀疑自己的智慧和能力：你今天说感觉自己的脑子有问题，我知道你还是对前期丢失护照的事情耿耿于怀，这是正常的反映，这么重要的东西找不到了，搁在谁身上也是很难接受的。但是不要因为这件事就无端地怀疑自己的能力，这只是一个偶然事件，你现在需要做的是坚强面对、妥善解决，以证明你有能力面对各种突发情况，难道因为这样一件小事我们就一蹶不振吗？这是不是太脆弱了？

三是学习方法的调整与适应：在国内习惯了以应试教育为主的教育模式，而国外则是与国内截然不同的开放式教育，好在你在国内上学时就有外教的课程，英语基础较好，适应起来会好一些。退一步说，如果四门课程确实是忙不过来，选其中的两门或三门重点掌握，等下学期适应了，再多学几门课也是可以的。你不要心理压力太大，和高年级的同学交流一下学习方法和技巧，尽快适应语言，适应新的学习模式。

四是过去的事情不要后悔：过去的事情已经过去了，再去过多地考虑根本没有意义。其实，任何事情都具有两面性，随着时间的推移，有些事情从长远来看也未必都是坏事。再者，我们都不是圣人，不能保证每一个决定都是完全正确的，何必苛求呢。

五是学会沟通，乐于沟通：你处在陌生的环境，远离家人，这时学会沟通就显得特别重要。首先要敢于张嘴说话，国外的文化环境中，人们还是很欣赏那种敢于表达，善于交流的学生的；其次就是学会理解，理解当地的文化习俗，理解对方的喜好与习惯，让沟通变得有效和令人愉悦。

第六是快乐：心情愉快才能提高生活质量，你现在还年轻，一定要养成快乐的习惯（我相信快乐是一种习惯）。在快乐中生活、在快乐中学习，对同学和朋友宽容。不管是男性朋友还是女性朋友，交往起来要有个度，如果感到能够带来快乐就来往，如果烦恼多于快乐就减少来往，要学会拿得起放得下，潇洒自如地交往。

我们家虽然是工薪阶层，但是我们既然把你送出国学习，你的正常开销还是能负担起来的，你对自己也别太苛刻了，补办护照的钱也不是太多，不要老觉得是个事儿。相信你有能力克服困难，适应新的学习和生活环境。留学的目的一定要明确：提高能力、学习知识、适应环境、增强意志。

祝你一切顺利，生活愉快！

妈妈

2011 年 9 月 3 日凌晨

仅仅过了三个多小时，艾丽就给我回信了：

妈妈：

早上好（其实我这里算是晚上了），看到你给我的信，我一点也不惊讶，总感觉某一天你会给我写封信，这是咱们娘俩的习惯。

我先说一下今天的情况吧，今天上午9点有两节心理学课程，接着是欧洲早期历史课。上心理课，那真叫一个郁闷，老师人很好，就是说话不利索、带口音，是个黑人老太太。所以我对待心理课，办法只有一个，自己看书，不懂的再给她发邮件。在国内要是有个南方人给我讲课我可能还一时半会儿听不懂呢，更何况是带口音的外国人呢。今天的欧洲早期历史课上讨论的是罗马的第一位奥古斯都屋大维的功与过，是以辩论的形式进行的。说实在的，这门课并不难，以国内高中生的知识和水平，那就是小菜一碟，直接套用初中课程中讨论秦始皇功与过的形式就行。问题的关键是说不出来，那种感觉你能体会到吗？脑子里有东西，但语言匮乏，表达不出来。老师要求每人提个问题，我虽然表达得不太流利，但我提出的问题把所有人都难住了，连老师都说是个好问题。课间时，我还跟老师套近乎，给她讲了讲秦始皇的事，她还挺感兴趣。这门课代号是1开头的，并不太难，但就是生词太多，我需要大量地背单词，一旦掌握了中文意思，课程内容都不是太难，我记得高中历史课学得很深，都有涉及。

还有就是英语写作课，我感觉老师"不太负责任"，美国人都特别喜欢自己给自己放松，而且"宽以待人"。我那天问老师我需要多读些书来提高英语水平吗？他很惊讶，问我喜欢什么，我说哈利·波特，他就说那你有空看看英文版的吧。我问其他的呢，比如《美国时报》，他就撇撇嘴说："那么无聊，我自己都不读报纸，你也不要太苛求自己了。"

生物课也不难，我本来以为会学什么人体、动物或者解剖呢，结果都是一些初中、高中学过的知识，很简单。我问生物老师：我把你讲的内容都掌握了，还需要做点别的吗？他说那就没有了，你需要玩！

美国人就是这样，没什么比娱乐更重要了。比如下周一就是劳动节，还放一天假，我以为还会补课呢，结果自然是不用补。美国的加班费很高，一般的单位或机构出不起，所以一般不会安排加班。

　　总而言之，我现在最大的困难不是课程本身难，而是听课有难度。看来我第一学期不修高难度的课程也是对的。我听一个往届的同学说，他有一学期选了六门专业课，都快忙疯了。这里想学习的中国人都是这么给自己施压的，反倒是外国人看得很开，他们都学什么绘画啊，音乐啊，护理啊，等等。商学院里一半是亚洲人，大家都玩命地学习，没办法，这就是差异。

　　好了，言归正传，针对你提出的这几点建议，我无条件接受。别的不多说了，我承认是我心态不好，情绪波动太大。我也不知道怎么搞的，就是一阵阵的，而且高峰和低谷之间有很大差距，我也在努力控制中，算是不断地摸索前进吧。来了这里之后，我还没来得及建立起自己的交往圈就出了丢失护照的事情。之后我自己刻意地不与人交往，担心别人知道自己的倒霉事，丢人。我从小就是这样，郁闷了痛苦了不希望太多人知道，这点跟男人很像，总是不希望暴露自己的弱点，不想示弱，这样可能有好处，也有坏处吧！

　　今天在亚洲超市买了很多好吃的，还买了一瓶老干妈辣酱！听说有时候还有馒头，不过今天没找到。还是有车方便，是一个有车的同学带我去的！我来这之后，吃得一直不错，胃也很好，你们放心。最后，祝你俩身体健康，工作顺利。我们这周劳动节，加上周末共放三天假，周二再开课。我准备今晚上玩玩，放松一下，明天开始继续去图书馆学习！

女儿

即日

通过这次交流，艾丽的情绪改善了很多，学习上也逐渐掌握了一些技巧，成绩提高很快，但是护照的问题还是没有进展。9月中旬的一天，艾丽听说芝加哥领事馆的工作人员到圣路易斯市现场办公，但是艾丽得到这个消息太晚了，她抓紧时间打听详细的情况，结果还是由于时间太过仓促，来不及准备补办护照所需要的材料，眼睁睁地失去了一次好机会。

随着时间的推移，找到护照的可能性似乎变得越来越小，我甚至给艾丽出主意，让她多联系几个同学，租个车一起去芝加哥，补办完护照以后可以顺便在那里玩几天，权当是度假了。这样说，也许能避免她一想起护照的事情就郁闷，纯属无奈之举。

距离丢失护照的日子已经过去50多天了，10月7日清晨，我和往常一样，还没起床就用手机查看是否有艾丽的QQ消息，却收到了巨大的喜讯，艾丽在凌晨4点给我留言："护照已经找到。"我一个激灵坐了起来，确定不是在做梦，迅速起床和艾丽核实情况。确实，那个装护照的信封已经在她手上了，里面的东西一样不少，是有人捡到了送到警察局，警察局又通知学校，学校通知到她本人。到底是谁捡到的，在哪里捡到的，艾丽也不知道，她还没来得及去问呢。一直压在心头的一块大石头终于落了地，我们兴奋的心情简直无法用语言来形容。

我一直觉得艾丽是幸运的，在她身上发生的好多事情有时有惊无险，有时又恰好凑巧，过后仔细想想，真是很神奇！

这件事情对艾丽是一次严重的警示，后来她很少再犯类似的错误。

5

初次接触宗教

艾丽之前在国内从未接触过宗教，出国后第一次听她提起宗教的事情，是在她刚入学时从旅馆搬到公寓的当天。她说家里的沙发、茶几、电视机等物品都是教会捐赠的，没过多久，艾丽认识了一位中国女生，她是天主教教徒，平常就住在教会里面，她的朋友也大都是教徒。有一次艾丽跟她去教堂，看到教徒们做礼拜，和上帝交流，竟然也受到些启发。艾丽丢失护照以后，这个女生请求教会的朋友们帮助寻找，而且替艾丽祷告过许多次，艾丽对她和朋友们都深表感谢。因此，艾丽虽然初次接触宗教，但是对宗教活动和宗教教徒并不反感。

后来她了解到，在所有发达国家中，美国是宗教气氛最浓厚的一个国家。在美国，教堂并不单纯是进行宗教活动的场所，也是人们互相交流、互相帮助的地方。美国有接近 80% 的人信奉基督教，其余 20% 的人信奉多其他宗教。2004 年一项盖洛普调查显示，大约 41% 的美国人至少每星期参加一次宗教活动（这个比例高于其他国家：法国 15%、英国 7%、以色列 25%）。美国保障宗教自由的权利，政府实行政教分离制度，不支持也不反对任何一种宗教。大多数美国总统都与基督教新教有某种联系。教徒们对自己要求很严格，不饮酒，不抽烟，不得有暴力、欺诈等犯罪行为，也摒弃婚外性行为和婚前性行为。在密苏里州，有67%的新教徒，20%的罗马天主教徒，2%的其他基督教派的教徒，也就是说，三分之二的密苏里州人是新教徒，教派包括：路德会、卫理公会派、浸礼会。每五个密苏里州人当中就有一个是罗马天主教信徒，他们多居住在堪萨斯市与圣路易斯市。有许多宗教组织在密苏里州设有总部，包括路德教派将总部设在圣路易斯市外的科克伍德等。

　　了解到这些情况，我对艾丽接触宗教和教徒不再感到紧张，并给她提出一些建议，嘱咐她要尊重别人的宗教信仰。

6

诬 陷

　　2011年9月的一天，艾丽跟我说，有一个早她一年去美国的中国女生，在一次同学聚会后丢失了墨镜，据说那副墨镜价值400多美元。这女生问艾丽是否看到，艾丽没注意她的墨镜，更不知道在哪，当时还帮她寻找了一番，但是没能找到。艾丽以为这件事情就过去了，可是几天以后，艾丽却从别的同学那里听说，这女生跟好几个人说是艾丽偷了她的墨镜。艾丽顿时感觉受到了莫大的侮辱，立即找到那个女生当面质问她。那女生心虚了，支支吾吾，顾左右而言他。艾丽很气愤，这个时间也正值艾丽丢失护照不久，真是一波未平一波又起。在艾丽出国之前我们就听说，在国外的中国留学生有拉帮结伙的，有不学无术的，甚至有勾心斗角、打架斗殴的等等。我们也嘱咐艾丽，结交朋友时一定要慎重，近朱者赤近墨者黑，不要陷入那些不良的帮派当中。可这次被人诬陷，是艾丽刚到美国半个来月的时间，她还完全不掌握学校里华人学生的情况，当时有一个同学热情地邀请她去参加聚会，她就一起去了，根本没想到会发生这种事情。

　　艾丽特别苦闷，我也很为她担心，不断地宽慰她：脚正不怕鞋歪，做好自己的事情，把主要精力用在学习上，不卑不亢地去交往，日子久了事情自然就明朗了。如果对方继续诬陷和诽谤，就毫不留情地报警。为了让艾丽尽快从这件事情当中走出来，我给艾丽提了个建议，每天睡觉以前回想一下当天值得高兴的事情，哪怕这件事情很小，甚至是某个陌生人微笑着对自己点了一下头。每天给自己这种快乐的心理暗示，慢慢就会养成习惯，就能够快乐地度过每一天。我还鼓励她多与美国当地学生和其他国家的留学生交往，开阔视野，这样既能尽快掌握好英语，适应环境，融入当地社会，又能避免和中国学生过多接触而产生矛盾。我搜集到留美学生谈留学生活的一些资料，转发给了艾丽。

留美生活，成功点滴在于自我体会
——一位留美学生的亲身感受

一年来的留学经历，每个时刻都值得回味：

学业方面，课程并不特别难，最大的挑战就是适应这里的学习理念。课业比较繁重，但是平时成绩相当地重要，也就是说每一次的作业与小测验都必须做到最好！只要有一次没有考好，便会拉低平均分，即使后来做得再好，也只有一个B了。从理论上来说，和国内高考那种一试定终身的考试相比，确实比较人道。但反过来想想看，这就要从头到尾都不能有一点点的放松，和国内大学的只看最后一次考试的制度相比，确实更锻炼人。

社交方面，最深的体会就是努力融入美国的文化，保存自己中国传统文化的精髓。要想在美国混下去，就必须活得像个美国人，但是，一味地追求西化也会使自己迷失。其实美国人的生活并不像美国电影所描述的，相反有着很大的反差。放荡不羁的人只是少数，绝大多数人仍然过着井然有序的生活。幸运的是，即使我的老美朋友多，但至少在我接触的朋友中很少有十分极端的，有也就是零星几个。他们的坦诚与热情是我应该学习的，但他们的懒惰却是一个致命的问题，在这一点上中国学生是值得敬佩的！留学生英语水平的高低对学习成绩起到决定性的作用，但也不要低估自己的英语能力，我们学了那么久的英语，是时候用出来了！我曾接触到不少喜欢整天宅在宿舍里的亚洲学生，事实是，如果你不喜欢和美国人交往，那么一年下来你的英语也没有多少进步，我个人认为回国以后如果连英语都不能讲好的话是一件非常丢脸的事情。

在过去这一年里，我还参加了社团活动，认识到一个好的团队需要具备的基本条件。有一次我参加了一个在普度举行的工程会议。作为一个"新人"，和几个美国的大三大四的学生们一起去开一个关于可持续能源的会议，我面临的最大问题就是语言。开始时我像个白痴一样坐在教室里听难懂的讲演，我没有做过项目，没有工程研究的经历，也没有多少环境与能源方面的知识背景，我只是一个无知的听众。然而那次活动以后，我发现我想问题的方式有了变化，在以后的学习过程中我回忆起那次会议的经历，脑子里会出现一些新的想法。后来我逐渐明白，即使没有一个完整的知识体系，但我们有必要去体验未知的领域，在那个过程中一定会有收获！我交到了不少来自常青藤名校的朋友，并成为一个工程社团中的本地项目组成员。那个社团中竟然没有一个国际学生，后来发现，这是一个十分枯燥但非常优秀的社团，其目标十分明确，就是要最大程度帮助一些社会上的机构完成工程项目。其中一个最大的项目是在非洲建立饮用水系统，其他还有帮博物馆制作自行车发电装置，给小朋友们提供了解现代科技的机会。最小的一个项目是帮助本地养老院建一个花基。在这个过程中，我体会最深的就是平等，大家不会因为谁是"新人"或者是国际学生而产生偏见。比如那个花园的项目就指定了我做组长，那时的我还因为自己的英语水平不高而信心不足，后来在同学们的鼓励下，我最终完成了这个项目。可以这么说，在这种社团里，只要有激情，只要勤于付出，那么机会

留学全滋味

永远属于你！这是一个自由竞争的平台，不管你有什么背景，也不管你拥有怎样的人际关系，只要你有热情和能力，在一定程度上就具备了竞争的条件。

留美学生一席谈

"敢于表达自己的想法"

在美国康奈尔大学攻读博士学位的包坤说："我刚到美国时，口语不好。第一次当助教试讲时，为了调节气氛我讲了一个笑话，除了中国的留学生听懂笑了，其他的美国学生不知所措。但是最后评价时，督导说，虽然他没有听懂我的笑话，但却起到了效果。他还告诉我，很欣赏我的勇气，这是一个很好的尝试。所以敢说是很重要的，而且只有敢讲才会成长。到了我第一学期助教结束的时候，学生给我评价最多的是：'坤非常棒！'"给本科生上课和答疑的助教经历，不仅让包坤更好地了解了美国大学生的知识水平和思维方式，而且帮助他很快适应了美国的科研环境。包坤建议刚来美国以及准备来美留学的同学们："在美国，外向的人相对会比较容易适应，内向的人可能需要适当改变。"

"适应过程中学会成长"

包坤强调说，在美国，生活、学习和研究环境都比较容易适应，但是文化环境难以融入。"美国人喜欢晚上去酒吧看球、聊天，特别是棒球，而且大学生球赛也特别受欢迎，日常生活中体育运动也是他们聊天的主题。学习之外，所关心和谈论的大多也是这方面的内容。中国学生相对就没那么关注体育赛事。"

"异国他乡，要在生活细节中学会调整"

麻省大学电子系博士生胡科说，在国内的高校，学生一般都会有充裕的午休时间，午休的充电能让下午或晚上的学习更加有效率，但美国的工作时间是从早上9时到下午5时，中间没有午休。很多中国学生刚来时就不太适应。不过在美国，早上上班、上课会比国内晚一些，晚上如果早点睡，很快也就适应了。只有在生活上调理顺畅了，才能将精力更好地投入到学习中。

"感冒发烧等小毛病不一定马上去医院"

今年刚从美国一所大学毕业的乔羽谈到："在美国看病要预约，因为我们是留学生没有自己的医生，但就算在学校看病也要预约。有一次，我淋巴结发炎，脸肿了，打电话给校医院，对方说当天约满了，让我过两天再去。可两天后去学校看病时，我的病都好了。"平时尽量多掌握一些医学常识，如果是一些小毛病，可以自行去药店买药，这样可省去预约的麻烦。如果病情严重最好还是去医院就诊，不能为了省钱、省时耽误治疗。

在俄克拉荷马大学读博士二年级的潘宇就文化适应提出了自己的看法："不能刻板地理解适应这个词。比如跟美国人打橄榄球能够起到锻炼身体、交流感情的效果就可以了，不要一味地强调完全融入他们。"

虽然融入美国社会还需时间，但对在美国留学期间逐步适应过程中的成长，留学生们都有自己独到的见解。"在适应美国文化的过程中，对我个人而言，眼界拓宽了，知识增长了，英语说溜了，身体练壮了，这就是好的。至于未来发展如何，我相信，每个人只要努力，都会有收获。"潘宇说。

在美国的经历能更好地帮助留学生成为国际化的人才，很多时候能同时以兼具东西方文化的模式来思考。东方的文化多强调谦虚、内敛，西方文化更多强调探索和自我展示。

思　念

　　艾丽自从踏出国门，就一直没有停止过想家，只是这种感觉时强时弱。逢年过节、假期、夜晚，或者是生病、寂寞和遇到困难的时候，感觉尤其强烈。艾丽说，这种思乡之愁就像是毒雾装在一个密封的盒子里，要把它放在心灵的某个角落，不敢轻易打开，否则一旦弥漫开来，会令人窒息。她经常做梦回到国内的家里，有时能连续好几天晚上梦见回家，就像是每天晚上回了趟国，一睁眼又回到了学校，醒来以后感到特别失落。有一次，艾丽又梦见和我们在一起吃饭，对我们说，爸爸妈妈你们不要走，陪我多说会儿话，因为这是在我的梦里，梦醒了你们就要离开了。白天，上课的时候好一些，集中精力听课，下课以后，艾丽写作业、学习、做饭，不让自己闲下来，否则就会特别难熬。在后来的交流中得知，艾丽最孤独、最寂寞、最痛苦、最想家的时候，就是丢失护照的那段日子，她怕我们担心，对我们报喜不报忧。她甚至又申请了一个 QQ 号码，昵称是"爸爸妈妈"，想家时就自己对自己说话，像是回到家和我们聊天，"爸爸妈妈"会不断地鼓励自己、安慰自己。有时她的情绪波动很大，甚至会莫名其妙地掉眼泪。

有一次，艾丽无意中在网上看到了一个微电影，叫做《票2012》，被里面父爱的场景感动地大哭。舍友被她弄得莫名其妙，不断安慰她。她跟我说，看了那个电影后特别想家，觉得父母的爱最伟大，想起小的时候还不听爸爸的话，感到非常内疚。

其实，那段时间也正是我最担心的日子，为了帮助她排遣寂寞，尽快适应生活，只要她有时间我就和她视频，并且写信开导她：

介绍四种留学生排遣寂寞的方法

第一——广交良友

俗话说："在家靠父母，出门靠朋友。"

朋友是我们生活中不可缺少的一部分，朋友可以分享我们的快乐，也可以分担我们的忧伤。需要主动去认识一些新朋友，这样会给我们带来很多快乐。

第二——融入团体

学习之余，可以参加一些有意义的社团活动或学校举办的各种讲座。学校会不定期地组织一些社团活动，比如体育俱乐部、文艺演出活动等；参加各种活动可以丰富自己的知识，了解最新的信息，也可以让自己的生活过得更充实。

多参加一些由外国人组织的社团活动，与他们进行更多的交流，借此提高语言水平，了解当地的文化，这样才能更好地融入美国社会。

第三——服务社会

志愿服务是西方国家文化的一个重要组成部分，是一项非常有意义的工作。志愿者可以在帮助别人的同时自己也获得快乐。国外的义工岗位大多由非盈利组织或慈善机构来安排，做义工可以结识很多志趣相投的朋友，是尽快融入当地社会的有效途径，还可以获得锻炼的机会，为找工作积累经验。

第四——开阔眼界

利用假期去当地的旅游景点游玩。旅游可以增加对当地历史、文化、生活方式和风土人情的了解。沿途欣赏美丽的风景，让忧郁的人忘记烦恼，让寂寞的人忘记孤独；还可以品尝各地的美食。这种放松的方式也是个不错的选择。

另外，缓解压力和寂寞的方式有很多种，例如听音乐，去公园散步，做自己喜欢的体育运动，去图书馆看书，找份兼职工作等，这些都是可以选择的。只要是健康、积极的活动方式，就可以为单调的生活加些料。平衡自己内心的寂寞与孤独，才能更好地学习和生活，才能在异国的天空下找到属于自己的那份快乐。

艾丽的性格比较外向，平常和同学们相处也很融洽，只要不耽误学习，她尽量避免独自在家，积极参加各种户外活动，有时利用周末到附近郊游，结交了一些外国朋友。不同的文化背景让艾丽感觉很新奇。一位美国出生的马来西亚姑娘和艾丽的关系很好，她大约 30 岁，已经大学毕业在美国工

葡萄酒庄园露天酒吧

葡萄园

作了几年，就住在艾丽的学校附近。她经常邀请艾丽到她家做客，有一次她们一起去了附近的葡萄酒酿制庄园，艾丽大开了眼界。

艾丽想家，我们也想她，无时无刻不在挂念她。有一天夜里我怎么也睡不着，就干脆起来了，打开电脑上网，竟然在电子地图上找到了艾丽的学校。我激动万分，继续放大地图，根据她前期提供给我的信息，居然发现了她住的街道，甚至看到了她住的公寓，连门牌号都很清楚。她住的小区绿树成荫，环境优美。第二天我告诉了艾丽，她也喜出望外，第一时间和同学们分享了这个好消息。

艾丽出国后不久的一个周末，我和艾丽的爸爸去了附近的植物园。当走到儿童乐园时，看到各式各样的游乐玩具，孩子们在嬉闹、玩耍，我们不约而同地回想起艾丽小时候带她来这儿的情景。记得在艾丽小学四年级的时候，我们在植物园遇到了一位同年级的小姑娘嘉嘉，通过交流得知，她和艾丽原来在同一所小学上学，只是不同班级，两个小姑娘越聊越投机，迅速成为好朋友。后来随着交往的深入，我们逐渐了解，嘉嘉的姨妈早年去英国留学，毕业后找到了一份不错的工作，并嫁给了一位英国人，在英国定居了，后来有了两个混血儿子，都比嘉嘉的年龄小。姨妈非常喜欢嘉嘉，让她也去英国上学，可是嘉嘉的妈妈不舍得，要等到嘉嘉小学毕业后再送她去国外上初中。有一次艾丽去嘉嘉的家里做客，嘉嘉给艾丽看了一些她姨妈全家在英国的照片，艾丽觉得又稀奇又羡慕，回来后一直念念不忘。我有时会想，或许艾丽十几年前和嘉嘉的巧遇，在一定程度上促成了她日后去美国留学的梦想，这个事情我没有和艾丽交流过，不得而知。往事历历在目，强烈的思念迅速在心中蔓延，我们相对无言，泪水迅速模糊了我的双眼。

我一直认为，留学生在国外接受更好教育的同时，更要锻炼独立生活和处理各种问题的能力，这样才能真正地自强自立。直到艾丽出国以后，我才深切地体会到，不但孩子需要锻炼，家长也需要锻炼，尤其是母亲。渐渐地我意识到，我必须逐渐适应女儿不在身边的日子，否则我的生活会变得一团糟。其实不是孩子离不开我们，是我们离不开孩子，孩子出国留学对家长来说同样是一个很大的心理挑战。

8

繁重的学习任务

　　艾丽出国前，我们听说国外的大学很自由，我想大部分国人和我们一样，认为美国的教育很人性化，教育方式和观念都是以人为本，学生一边玩一边学，很轻松。总之，他们是素质教育，管理松散；我们是应试教育，更注重学习成绩。还有很多人认为美国人都不怎么爱学习，中国学生都比美国当地的学生强。但是艾丽去了美国以后，发现我们以前的认识是完全错误的。中国的大学是"严进宽出"，60分万岁，而美国是"宽进严出"。中国的大学毕业率是很高的，因此大家对毕业率不是很关注。而在美国，大学的毕业率与大学的水平有着紧密的关系。名牌大学的毕业率较高，一般大学的毕业率相对偏低。一项来自美国企业公共政策研究所的报告显示，在美国的四年制高校里，平均只有不到60%的学生能按时毕业，排名第一的哈佛大学6年的毕业率也只有97%。我们应该彻底打消去美国"混"文凭的想法。在美国的大学里，作业是计成绩的，每次作业都会按照对错打分，记出成绩，然后和所有平时考试、期末考试一起计算最后的总成绩。要是不做作业，或者写错了，就不得分，最后会影响总成绩。而在中国的很多大学，平时的作业允许犯错误，允许不会，最后期末考试时会做就可以了。

在美国高校里，"班"的概念也和我们不一样，可以说，选了几门课就有几个"班"。上不同的课，同学也是不同的。同一个"班"上，同学之间的年龄差距也很大，有的是20岁左右的青年，有的是在社会上工作了几年的中年人，有的已经结婚，有的有了孩子。艾丽有个同学曾经是美国海军陆战队的军人，退伍后又来上大学，这种退伍军人在学生中大有人在。很多美国普通家庭的孩子会选择先服役再上大学，这样一方面拓宽了视野，锻炼了个人能力，另一方面，退伍军人的学费是国家全包的，每个月还有一定的资金补贴，这样可以省下一大笔开支，是很划算的。

艾丽的学校和美国的其他大学一样，对学生的要求很高。在开学后的一段时间，艾丽在学习上的主要障碍是语言。学校要求雅思考试成绩必须达到5.5分才可以直接入读大学的课程，对于那些申请学校时未提供语言成绩，或语言成绩不够学校最低要求的国际学生，必须先学习语言。艾丽当时申请学校时考取的雅思成绩为6.5分，所以她可以直接进入大学课程的学习。但是学校规定新入学的学生都要学习一段时间的英语语言课程，旨在训练学生应对未来专业课要面临的大量阅读材料和论文写作。为了掌握学生的英语水平，无论是美国学生还是国际学生，都要参加一次学校的英语水平测试，根据测试成绩分配不同层次的班级。只有很少的国际学生会被分配到美国人较多的高级班，艾丽被分配到中级英语基础班，为此艾丽很不服气，她认为自己的英语水平足够进入那个高级班。于是，我们咨询了国内的老师，他给艾丽的建议是，尊重学校的安排，踏踏实实地在那个中级班学习一段时间英语，这样也给了自己足够的缓冲时间，以适应环境、学习语言、调整心态。

正式开学后，艾丽深切地体会到，参加学校的英语学习还是非常有必要的。上课时，老师的语速慢一些、发音标准一些，艾丽听懂的内容就多一些，语速稍快或者有当地口音的老师讲课，艾丽就基本听不懂了。想问其他的同学，人家也不一定有时间，这时艾丽只能回去自己再啃书本。这段时间是最困难的，艾丽急得嘴上都起了泡，对学习一点也不敢怠慢。她除了上课，其他时间就去图书馆查资料、写作业，几乎每天都学习到深夜。有一次，艾丽有一项作业要在晚上12点之前完成，并要通过邮件发送给老师，艾丽在时间紧、任务重的情况下抓紧查阅了几种资料，连晚饭都没来得及吃，赶时间完成了作业。可是由于当时的网速较慢，发给老师后，发现晚了一分钟，她很担心因为晚交了一分钟作业老师不给她算成绩，一晚上也没睡踏实。艾丽拿出上高三时的劲头来对待学习，成绩提高很快。大约过了一个多月的时间，艾丽就能够完全听懂课堂上的内容了，做作业和考试也感到容易多了。在一次欧洲历史的测验中，满分20分的考题，艾丽取得了19分。还有一次英语写作的作业艾丽得了满分，比美国当地学生的考分还要高。

就这样，学习上的各种困难都被艾丽一一克服了，这期间，我不断地用各种方式鼓励她。有一次我在网上看到了一封"李开复给女儿的信——你该如何度过大学生涯"，很受启发，立即将这封信转发给了艾丽。

节俭的留学生活

　　艾丽的学校是一所公立大学，费用相对较低，但是和美国当地学生相比，国际学生的学费要高出三倍之多。之前我们也知道这个情况，那时也没觉得有什么，反正大家都一样。艾丽出国后，和美国当地的学生一起学习，但是费用却高出人家那么多，她心里很不平衡，觉得耗费了家里太多的资金，因此平常的生活非常节俭。她一至两周去一次超市，买些生活必需品，来回都是乘坐免费校车。我担心她的生活质量太差会影响身体健康，一直跟她说不要太节俭了，我还和她好好地讲了一番道理："不要有负担，就权当你现在花的钱是我们暂时借给你的，你将来还给我们的是优秀的品质、健康的身体、健全的心态以及自食其力的本领就好了！"

　　美国超市的物品，首先是卫生，蔬菜、水果等都非常干净，稍加清洗，切好了凉拌，吃了也不会闹肚子。其次是新鲜，面包、牛奶、肉食等食品中不会添加防腐剂，保质期都很短，买回去的食物即使放在冰箱里也会很快变质，超市里卖不完的食物晚些时候会打折处理。再者是天然，吃的东西不会有过多的化学添加剂，味道也和国内的不一样，尤其是鸡蛋、肉、牛奶、咖啡、蛋糕、冰激凌等。超市里的转基因食品会集中放在一起，并特别标注出来，价格比非转基因食品要低很多，而有机食品（organic）的价格会更高一些。四是很多国内的所谓奢侈品，在美国的价格并不高，甚至是超市里的开架货品。五是退换商品方便，不管是不是质量有问题，几乎所有物品都可以在指定日期内退货。唯一不习惯的是，很多国内常见的蔬菜，像菠菜、莴苣、韭菜等，以及海鱼、动物内脏等在艾丽所在的地方轻易吃不到。艾丽一般在买东西时都会比较一下价格，同样的物品会买价格便宜一些的。有一次艾丽去超市买了一只大烤鸡，才花了4美元，吃了两顿还没有吃完。穿的用的有时折扣也会很低，艾丽买过一件短裤和两件短袖上衣，总共才花了18美元，一个小挎包原价14美元，打完折1.08美元。

艾丽卧室里的床是房东提供的，上面的旧床垫比较脏，房东就套上了一个塑料的套子，那层塑料的面太滑，褥子根本铺不住，艾丽就买了一个毛巾被铺上，这样增大了些阻力，不容易滑落，可是睡上去却很不舒服。我建议她再买个床垫，艾丽不肯再花钱，就这样一直铺着毛巾被睡觉。艾丽住的是半地下室，我担心房间阴暗潮湿，让艾丽经常晒晒被子，可是在美国，没有人会随便在室外晾晒衣物和被褥，室外也根本没有晾晒东西的绳子。

艾丽的笔记本电脑是从国内带去的，有一次出了故障，无法正常使用。艾丽的学习离不开电脑，她很着急，可是去专业维修电脑的商家那里去修，费用会很高，她决定自己试试。艾丽连夜借来一台同学的电脑，上网查询排除故障的办法，花了一晚上的时间，还真的修好了。还有一次，艾丽的电脑怎么也开不了机，她请求一个学长帮忙，学长说需要重装系统，因为正版的系统盘很贵，他们就想办法找到了一个盗版盘，好几天才弄好，期间艾丽借了一台电脑来完成作业。

艾丽了解到，在美国打工有校内和校外两种形式，校外打工的机会较多，报酬也高一些，前提是必须获得留学生顾问的批准许可。校内打工主要是在图书馆、电脑房、餐厅、学生宿舍等。艾丽的学校每年都招聘校内打工的学生，但是岗位少，申请的人特别多。艾丽初到学校时就填写了申请打工的登记表，排队等候。后来我建议她还是不要去打工了，因为学习任务太重，再拿出时间打工必然要影响学习，得不偿失，还是提高学习成绩，临近毕业时再找正规公司参加实习比较好。

这些生活、学习等各方面的事情全靠艾丽自己去操心，别人根本帮不上她，因为大家的时间都很紧，都在各忙各的。我们在国内也是干着急，只能在金钱上满足供应，可是艾丽却舍不得多花一分钱，每天都在节俭地过日子。

9
节俭的留学生活

美国的传统节日

——万圣节、感恩节

美国的节假日名目繁多，其中大部分是固定的日期，有些是不固定的，如总统日是二月的第三个星期的星期一，2012 年是 2 月 20 日，2013 年是 2 月 18 日。

以 2013 年为例，美国部分假日有：新年、马丁路德金纪念日、情人节、总统日、复活节、母亲节、父亲节、独立日、劳动节、哥伦布日、万圣节、感恩节、圣诞节等等，美国的学校还有春假和秋假，学生在假期里耽误的课程也不必补课。

万圣节在每年的 10 月 31 日，它源自古代凯尔特民族的新年节庆，此时也是祭祀亡魂的时刻，在避免恶灵干扰的同时，也以食物祭拜祖灵和善灵，以祈求平安度过严冬。万圣节前夕的晚上，小孩子们会穿上各种奇装异服，戴上面具，挨家挨户收集糖果。有的人会装扮成自己喜欢的人物，可以是蜘蛛侠、超人，可以是奥巴马，也可以是玛丽莲·梦露，反正这一天你想做谁都行。艾丽和几个同学也借此机会放松了一下，艾丽扮的是僵尸猫，她的同学们也各有角色，她们画着很夸张的浓妆，穿戴上借来的各式行头，大家去酒吧高高兴兴地度过了一个正宗的万圣节。

2011 年 11 月 24 日，这天是美国的感恩节，艾丽的学校在 11 月 24 日至 30 日放假。感恩节是美国人民独创的一个古老节日，也是美国人合家欢聚的日子。起初，感恩节没有统一日期，由美国各州临时决定，直到美国独立后的 1863 年，林肯总统宣布感恩节为全国性节日，1941 年美国国会才正式将每年 11 月份的第四个星期四定为"感恩节"。感恩节假期一般会从星期四持续到星期天。除了美国，世界上还有加拿大、埃及、希腊等国家有自己独特的感恩节。

美国人很重视感恩节的晚宴，像中国年三十的年夜饭，成千上万在远方的人们都会回家与亲人团聚，大家一起享受一顿丰盛的节日晚餐。晚餐的食物非常丰富，火鸡是感恩节的传统主菜，通常是把火鸡肚子里塞上各种调料和拌好的食品，然后整只烤出，鸡皮烤成深棕色，由男主人用刀切成薄片分给大家，个人再浇上卤汁，洒上盐，味道十分鲜美。此外，感恩节的传统食品还有甜山芋、玉蜀黍、南瓜饼、红莓苔子果酱、自己烘烤的面包及各种蔬菜和水果等。

人们最喜爱的感恩节游戏要算南瓜赛跑了。比赛者用一把小勺推着南瓜跑，规则是绝对不能用手碰南瓜，先到终点者获奖。比赛用的勺子越小，游戏就越有意思。

美国的感恩节除去这些活动外，有些家庭还会驱车到乡间去郊游，或是坐飞机出去旅行。当初移民们安家落户的地方——普

感恩节烤火鸡

利茅斯港是游客们向往的地方，在那里可以看到按照"五月花"号仿制的船和普利茅斯石，还可以参观仿照当年的样子建成的移民村。

感恩节假期也是美国航空公司最繁忙的时候，飞机几乎班班客满，还常常会出现班机误点等情形。可为了和家人团聚，共度节日，人们也是心甘情愿的。

此外，人们还会按照习俗前往教堂做感恩祈祷，同时，好客的美国人也不忘这一天邀请好友、单身汉或远离家乡的人共度佳节。从18世纪起，美国就开始出现一种给贫穷人家送一篮子食物的风俗。当时有一群年轻妇女想在一年中选一天专门做善事，她们认为选定感恩节是最恰当不过的。所以感恩节一到，她们就装上满满一篮的食物亲自送到穷人家。这件事远近闻名，不久就有许多人学着她们的样子做起来。

美国人还习惯把感恩节之后的周五称为"黑色星期五"，从这一天零点开始，美国的各种商店都会对商品进行打折销售，近年来愈演愈烈，有的商家甚至把打折日提前到了感恩节当天，每年都掀起购物狂潮。

艾丽虽然不必再去芝加哥补办护照了，但是她和同学们却对去芝加哥产生了兴趣，她们计划利用感恩节的假期去芝加哥旅游，因为这期间大城市的庆祝活动较多，很多景点也是免费的。她们还找到了一家早年移民到美国的华人朋友—— 一对50多岁的夫妻，从接机到接下来几天的旅行他们都会安排妥当，省钱又省事。艾丽了解到，芝加哥是全美商品最全、最便宜的地方，尤其是名牌商品在感恩节期间打折的幅度很大，她想给家里的人带些东西。但是我们觉得艾丽考虑多了会分散精力，玩不好，而且携带起来麻烦。于是我们跟艾丽说如果有她自己需要的，价格也实惠，就买下来，别人的先不考虑，以后有机会再说，这次的行程较紧，就不要占用旅行的时间再去购物了。

由于这是艾丽去美国后第一次出远门旅行，又恰好赶上美国的"占领华尔街"运动，我很为艾丽她们的安全担忧。那段时间，美国各地"占领华尔街"抗议活动愈演愈烈，120多个城市卷入其中，甚至一度扩大至全球，示威者走上街头进行抗议示威。这个事件虽然是针对美国政府的，但是一旦发生冲突，受害的却会是无辜的平民和学生。还好，11月15日凌晨，美国纽约警方展开突击行动，对"占领华尔街"活动的大本营——曼哈顿祖科蒂公园进行彻底清场，这也是近两个月来"占领华尔街"活动抗议者首次被强制驱逐，暴力镇压的效果很明显，集结者散去，城市恢复正常。

芝加哥位于美国中西部，属于伊利诺伊州，东临密歇根湖，是美国仅次于纽约和洛杉矶的第三大城市。芝加哥地处北美大陆的中心地带，为美国最重要的铁路、航空枢纽，同时也是美国最为重要的金融、文化、制造业、期货和商品交易中心之一，是一座国际化大都市。芝加哥的建筑有着浓厚的欧美建筑风格，艾丽她们由于时间较紧，只游览了几个著名的景点。华人朋友全家都很热情，白天开车带她们去景点游玩，晚上带她们回家吃晚餐，休息的时候她们才回旅馆。艾丽了解到当地的文化和风土人情，拍了很多照片。回到学校后，艾丽还撰写了一篇社会调查文章。

西尔斯大厦夜景

马利纳城（玉米棒大楼）

海军码头

唐人街印象之一

芝加哥百年披萨

千禧公园和巨蛋

芝加哥艺术博物馆

奇怪的行为艺术

高楼林立的芝加哥

往国内寄东西的风险

朋友的老婆生孩子，希望艾丽从美国买点奶粉寄回来，我们不好意思拒绝，就跟艾丽说了。没想到非常麻烦：第一步，到超市查看有没有朋友所需奶粉的牌子，包装是什么样子的，多少重量。第二步，到邮局咨询这种奶粉是否可以邮寄，最多邮寄多少克，费用是多少，需要多长时间。第三步，和朋友沟通，花这些钱，需要这些时间，可否？得到肯定的答复后，进行第四步：买奶粉、填单子、寄送。艾丽没有车，去超市和邮局都是乘坐周末的校车，奶粉的事情成了她的负担。超市的服务员不会判断亚洲人的年龄，看到艾丽在挑选奶粉，竟然热情地问她孩子几个月了，有什么可以帮忙的，弄得艾丽很尴尬。最后总算是把奶粉寄出来了，但是在等了40多天以后朋友仍然没有收到，根据艾丽收据上 EMS 的号码，查到此货物已经离开美国进入中国，但国内的信息就没有了。朋友拨打了国内的咨询电话，答复是让艾丽到当地的邮局再填写一个叫做"登单查询"的单子，邮局会在查清楚邮件去向后给予回复。填完单子几天后，回复的结果仍然是物品已经寄到中国，国内的信息在美国根本无从查找，看来奶粉确实是寄丢了。

虽然朋友一直说没关系，可是我们总觉得不好意思，最后我们请朋友吃了顿饭，算是表达了我们的歉意。这件事情耗费了艾丽很多的精力，也耽误了她不少时间，每次想起这事我都后悔不迭，当时碍于情面应承下来，没想到给艾丽带来这么大的麻烦，而且最后奶粉还丢失了，所以一般情况下不要从美国往回寄东西。

12

快乐寒假

2012 年 12 月中旬，艾丽的学校放寒假了，有了上次去芝加哥的短期旅游经历，艾丽和她的同学们算是见识了美国的大城市，开阔了眼界，这次寒假无论如何在学校里是待不下去了。于是，她们几个不回国的女生准备利用寒假去加利福尼亚州旅行，要是有打折的东西再顺便买些回来。和上次去芝加哥一样，我们并不希望艾丽在旅游的时候再去买东西。她们联系到一个在洛杉矶上学的女生可以担任向导，我也给艾丽提出了几点建议：

一是和同学多沟通，互相帮助，互相体谅，形成一个小团体，不要单独行动，时刻注意安全，不要给坏人可乘之机。

二是带好现金、银行卡等，提高警惕，万一遇到抢劫、绑架等恶性事件，一定要灵活处理，先保护自己的人身安全，钱和东西还有银行卡等等一切统统都是身外之物，该舍弃的时候就舍弃。

三是在公共场合尽量不要说中文，要言行低调，别让不法之徒认为是什么富二代。因为近年来有些留学生高调炫富，惹祸上身，安全事件频发。

四是提前开个会，大家一起研究好旅行路线，统一思想，步调一致，集体行动，这样才能提高效率。

五是把每天的所见所闻记录下来，整理出一篇旅游札记，这样对了解美国的社会、文化及以后的学习会有帮助。

六是每天给我们报个平安，以免我们担心。

艾丽和她的同学们对我的建议非常认可，大家积极行动起来，按照分工的内容各自做好准备。因为加州的景点太多，如果面面俱到，时间和金钱都不允许，于是她们决定先去洛杉矶，再去圣地亚哥，分别住几天，挑选几个有代表性的景点游览。

艾丽她们乘坐当地时间 12 月 19 日下午的航班到达洛杉矶，居住的汽车旅馆（Motel）是提前在网上预订的，价格不贵，却很干净，也很方便。

几个女孩住在一个房间，虽然挤了点，但是热闹，也增进了彼此的感情。

洛杉矶位于美国加州的西南部，是美国的第二大城市，也是西部最大的城市，又被称为"天使之城"。洛杉矶市区人口约 403 万人，面积为 1290 平方公里，洛杉矶—长滩—圣安娜都会区拥有人口 1348 万人，而大洛杉矶地区所涵盖的范围更大，包括 5 个县，大约 1800 万人，总面积 10567 平

汽车旅馆

方公里。

　　洛杉矶地区是加州最大的经济中心，占加州劳动力市场的 30%，占加州零售和批发量的 25% 以上，产值为加州的三分之一。洛杉矶是全世界的文化、科学、技术、国际贸易和高等教育中心之一，还拥有世界知名的各种专业与文化领域的机构。洛杉矶还是美国石油化工、海洋、航天工业和电子业的最大基地，是美国科技的主要中心之一，拥有美国西部最大的海港，享有"科技之城"的称号。近年来，洛杉矶逐步成为在美国仅次于纽约的金融中心。洛杉矶也是美国人口最稠密、最多样化的地方，全球各地的人移民至洛杉矶，使用 224 种不同的语言，它也是世界级城市之一。

　　洛杉矶有许多大大小小的跳蚤市场，就是我们常说的旧货市场，主要是个人带来的物品出售，如工艺品、服装、书籍、古董、旧货等可议价。总之，家中不想保留，觉得还能卖些钱的东西在跳蚤市场里都能找到。

　　洛杉矶的免费活动很多，美国国庆日（7 月 4 日）的时候，有条件的公园晚上会燃放烟花，民众会早早地带上毯子铺在公园的地上，吃着自己刚烧烤好的食物，期待着烟花绽放的时刻。暑假期间，除了特别富有的区外，18 岁以下的孩子们（不论身份）都可以在公园里排队领取免费的午餐，下

洛杉矶盖蒂中心鸟瞰

午还有手工艺活动。这些善举都是一些不透露名称的非营利慈善机构提供的。暑假电影院有为期两个月的免费电影，每周放映两次。在华人聚居的地方，各商家会云集在一起，举办各种游园会，免费试吃、抽奖，发放赞助物品等，吃的玩的都很齐全，也不拥挤。各大商场在庆典或节日的时候，会给周边的住户发送优惠券或礼品卡，如所有商品半价优惠，赠送食品等等，居民在一定的时间内（一般是一个星期内）去消费或领取就可以。

艾丽她们的圣诞节是在洛杉矶度过的，各个景点热闹非凡，有些景点的门票对学生是打折的，提供免费的水、笔、气球、袋子和蹦蹦床等，有些公园还免除门票费。

没有来过洛杉矶的人，很难想象洛杉矶停车场之大、之多。举例说，一个电影院的旁边一定得配上至少4层楼的专用停车场，一个购物中心至少得提供三四个足球场大小的停车场才能满足民众的停车需求。即使这样，有时为了找到或等待一个停车位，也要花上十几分钟的时间。如果是感恩节的黑色星期五，汽车甚至只能停在走半小时才能进店的地方。但老人和残疾人的车却能停在商场、电影院门口最近、最宽敞的停车位上。如果谁想图方便，占用他们的车位，200美金左右的罚单会立刻出现在车窗上。车位需求多的原因很简单，洛杉矶平均每个家庭有2辆汽车。

洛杉矶各个区都有自己的图书馆，民众在开馆时间无需证件可以随便进出。政府鼓励大家在天热的时候多去图书馆等公共场所，以便度过用电高峰期。如果在馆内想用公共电脑上网，只需出示有效证件（如驾照、护照、学生证）就行。如果想借书，则需要出示一封近期有你名字和地址的信件及驾照就可以办理借书证，并可以立刻借书了。图书馆一般为不同需求的民众提供不同的服务空间，如儿童区、老人区、学生学习讨论区、静音区等。部分社区图书馆会经常邀请音乐人士来表演和教学，经常组织各种与节日相关的活动。

在洛杉矶上学的那位女生给艾丽她们做向导，既节省了时间，也节省了很多交通费。那几天洛杉矶的天气晴好，艾丽去了不久皮肤就被晒成了

迪士尼乐园

小麦色，这可是当地最流行的肤色，走在街上更是增加了几倍的回头率。艾丽她们去了好莱坞环球影城、迪士尼乐园、好莱坞星光大道、好莱坞（标志）、中国大剧院、杜莎夫人蜡像馆等著名的景点。

　　当地时间 12 月 28 日下午，艾丽一行乘坐灰狗巴士（美国最普及的长途汽车）赶往圣地亚哥。圣地亚哥是美国加利福尼亚州的一个太平洋沿岸城市，位于美国本土的西南角，以温暖的气候和多处的沙滩著名。圣地亚哥市的人口为 134.6 万人，都市区人口超过 31 万人，圣地亚哥在人口上是加州的第二大城市，美国的第八大城市，第 17 大都市区。同时也是圣地亚哥县的首府和圣地亚哥—卡尔斯巴德—圣马科斯都市圈的经济中心。

　　圣地亚哥县的自然景观在全球都享有盛名，一天的时间里便可以看到风格迥异的海滩、森林和沙漠。那里景色优美、海天一色，但是昼夜温差较大，

盖蒂中心的艺术长廊

洛杉矶海边的夜晚街景

南加大校园一角

环球影城

54

蜡像馆

星光大道

洛杉矶市郊区山顶上的好莱坞标志

白天能达到华氏 80 度（摄氏 26.7 度），早、晚却只有华氏 40 度（摄氏 4.4 度）。这里有 60 多个高尔夫球场，许多国家公园和科来晤兰德国家森林。圣地亚哥市著名的旅游景点有海港村、会议中心、柏贝公园、艺术博物馆、动物园、西班牙村等，旅游业在经济中占有很大比重，是继制造业、军事制造业之后的第三大产业。

由于艾丽她们没有找到在圣地亚哥的熟人，也没有向导，旅行的进程受到较大的影响。有一次从景区回旅馆，由于道路不熟，又不舍得坐出租车，竟然在路上耽误了三个多小时。几天下来，艾丽她们都感到非常疲劳。

艾丽一行预定的是当地时间 1 月 3 日下午的回程航班，但是由于天气的原因，这趟航班被临时取消了，机场安排乘客们免费休息一晚，第二天早上又安排她们乘坐航班返回圣路易斯。1 月 4 日中午，艾丽她们顺利回到了学校，圆满结束了历时 16 天的寒假旅行。这期间，艾丽对美国当地的风土人情有了更深的了解，也遇到了好多趣事。有一次她们向当地的美国人问路，老外热情地表示要开车送她们去目的地，姑娘们要付给他费用。老外坚持不要，并解释说："你们太漂亮了，所以我不收钱了。"姑娘们小声嘀咕："老外真有意思。"还有一次，艾丽戴在脖子上的纱巾被风刮到了马路边上的水里，当时艾丽和她的同伴都没有发觉，是当地的一个十几岁的小孩主动捡起来跑着送还给了艾丽。这些好心人为她们提供了很多方便，艾丽在加州的旅行收获颇丰，度过了来美国后第一个快乐的寒假。

12

快乐寒假

圣地亚哥美丽的海边

圣地亚哥海洋世界（世界上最大的海洋主题公园）

海军雕像

加州大学圣地亚哥分校（UCSD）的图书馆

13

中 国 节 日

 2011 年 9 月 12 日，是传统的中秋节，也是艾丽出国后的第一个中国节日。每逢佳节倍思亲，我一方面很想了解艾丽的情况：中秋节打算怎么过？能不能吃上月饼？有没有想家？另一方面，又怕问得多了，产生负面影响。好在她比我想象的坚强，至少表面上是这样，她主动问我中秋节是哪一天，算好时差，打算到时候打一通国际长途电话，分别问候国内的亲戚朋友们，我的心里稍觉安慰。

 艾丽出国还不到一个月，各方面的事情刚刚安顿好，这期间，每次和她交流她都说很好，让我们不要挂念她，但是我能感觉到她其实正在经历各种各样的困难，这些在以后和她的交流中得到了证实。

 虽然我有充分的思想准备，但是艾丽第一次不在家的这个中秋节，我仍然非常地想念她，她出国以后经历的一件件事情像过电影一样在脑海中闪过。中秋节那天吃晚饭的时候，我看着桌上的饭菜没有半点胃口，大家在一起兴高采烈地说笑，互相交流接到艾丽问候电话时的有趣情景，关切地询问孩子的情况，我都一一作答。终于，我跑到卧室蒙上被子大哭了一场，多日来的担忧，郁闷，思念甚至委屈一泻而出。

　　转眼到了 2012 年的春节，家人对艾丽都很牵挂，我也更加想念她。艾丽打算这次的越洋电话除了打给奶奶、姥姥，还要打给大娘、婶婶、嫂子等家中女性长辈们，因为大爷、叔叔和哥哥们对她的大力支持，与他们家里的女主人是分不开的。我们非常支持她的想法。于是，大年三十的餐桌上，女人们的叽叽喳喳成为了主旋律，她们交口称赞艾丽大方、懂事，姥姥、奶奶也说艾丽长大了，明白了好多事理，我感到特别自豪。

　　虽然美国的学校是没有春节假期的，中国留学生还是很重视这个传统节日，有的中国同学还抓住春节的商机，提前做了水饺、包子、春卷、香酥饼等中国食品，冷冻在冰箱里，过春节时卖给同学们。从艾丽发回来的照片上看，还是蛮像那么回事。但艾丽说，吃起来的味道实在不敢恭维，好在大家也就是追求过年的氛围，不会计较那么多。

艾丽说法国同学做的薄饼跟奶奶做的鸡蛋饼一模一样

　　还有两天就是春节了，艾丽却患了感冒，除夕晚上她的感冒还没有好利索。艾丽和她的舍友在家里做了几个简单的菜，煮了两袋速冻水饺，并邀请几位好友过来，大家一起共进晚餐，就算是过年了。我知道艾丽这几天会特别难过，特别想家，人都是这样的，生病的时候、过节的时候就会很脆弱，思念亲人，只是艾丽没跟我说罢了。

艾丽的几个法国和美国的同学对中国的传统节日很感兴趣，他们利用周末又来到艾丽的家里开 party，并邀请她们几个中国同学吃西餐。艾丽度过的这个春节充满了异国情调，她也正在逐步适应远离家人的留学生活。

艾丽还参加了学校学生会组织的元宵节晚会，她们几个女生演出的节目是旗袍秀，所穿的旗袍都是姑娘们各自准备的。尽管艾丽从小到大都没有穿过旗袍，但听说旗袍是出国留学女生必备的，于是在出国前我为艾丽定做了一件，这次晚会正好派上了用场。艾丽为此还特意买了双高跟鞋，提前好几天就开始排练，功夫不负有心人，虽然脚上磨起了泡，但是演出效果非常好。

看到艾丽的春节过得这么充实，我感到很欣慰，心情也好多了，不再像过中秋节时那么失落和伤感。

丰富多彩的校园活动

艾丽的学校自然环境优美，靠近著名的密西西比河，几乎没有污染，艾丽说最喜欢的就是美丽的天空，有时会傻傻地对着蓝天拍照，外国人都很奇怪。艾丽是过敏性体质，春季和秋季经常会犯鼻炎和气管炎，到美国后几乎没有再犯过，加上平常比较注重锻炼，身体素质也增强了许多。

校区和居民区融为一体，没有什么校门，在照片上更是难以区分了

校园风光

万圣节花车

色香味俱全的中国菜

独生子女一般都是衣来伸手，饭来张口，艾丽也不例外，在国内时，她自己不会做饭，吃饭也比较挑剔。艾丽上高中的时候，我上班离家较远，顾不上她，每天中午是爸爸回家给她做饭。但是他的厨艺欠佳，我就哄艾丽说：只要习惯了爸爸做的菜，高三住校就不怕食堂的饭菜不好吃了，权当是为适应高三生活做准备吧。可是上了高三才知道，学校的食堂由本市一个有名的大酒店承包了，饭菜口味很好，艾丽大呼上当受骗了两年。出国之前，艾丽也学会了几道家常菜的做法，但是也仅限于弄熟，根本谈不上什么"色、香、味"。出国以后，虽然学校的餐厅环境幽雅，提供多种食物选择，但是中餐的种类较少，味道也不好吃，是所谓的美式中餐，艾丽就自己动手做饭，同学、舍友也经常凑在一起切磋，慢慢地，艾丽不仅学会了好几种国内各地特色菜的做法，也学会了几个国外简单菜的做法，相比而言，厨艺比英语的进步速度快多了。

有一天，艾丽要和同学们去参观收容所，我开始以为是流浪人员的收容所，后来才知道是动物收容所。艾丽在去之前很兴奋，因为能见到很多动物，结果去了以后却感到心情沉重，因为那些动物都很可怜。有些动物是刚来的，见到陌生人靠近就很警觉，甚至会躲起来。来的时间稍长一些的动物，一看有人来就扒着笼子眼巴巴地看着你，眼神里满是渴望，希望你能带走它。尤其是流浪狗和流浪猫，那眼神让人特别揪心。有些老弱病残的动物趴在那里一动不动，很无奈的样子。在美国，动物收容所里的动物如果长时间没人领养，就会被安乐死。

艾丽是个很善良的女孩，三四岁的时候看到马路上有乞丐，都会央求我把乞丐领回家，后来随着年龄的增长，艾丽逐渐增强了判断能力，再遇到乞丐的时候，她会首先仔细观察，核实真假，只要她认为是真的，就会给点钱。长大以后，她对小狗、小猫等动物更是喜欢得不得了，家里还养过小鸡、小鸭、鹌鹑等，要是它们死了或者丢了，艾丽会难过好几天，后来我们再也不敢养这些动物了。这次去动物收容所回来，艾丽说她将来有条件了一定会领养几只动物，不单纯是因为好玩，更多的是爱心和责任。

艾丽的一个好朋友学的是导演专业，这学期有一个作业，是导演一部5分钟左右的微电影。故事情节定下来后，她邀请艾丽担任微电影中的女主角，这对艾丽来说是一次挑战。她前期做了很多准备工作，还对故事结构、服装搭配等方面提出了自己的建议，穿的衣服也都是自己的，同学们都称她为"副导演"。拍片那天，现场的朋友们都说她表现得很好，表演自然、到位，拍摄过程很顺利。后来艾丽告诉我，她同学的这次作业得了A，并对艾丽表示"非常感谢"。我从来没有发现艾丽还有表演的天赋，这次能在紧张的学习之余参加一些活动，既给同学帮了忙，又培养了更多的业余爱好，真可谓一举两得。

15

生日祝福

　　每年的 4 月份正是春光明媚的日子，也是我和艾丽的生日，我们的生日中间只间隔了一天。往年，我们都是一起庆祝生日，买个蛋糕，全家一起吃顿饭，再互相赠送个生日礼物。2012 年春季，远在海外的艾丽只能和她的同学们一起过生日了。同学们为她准备了礼物，并利用周末到艾丽的家里举行了一场热热闹闹的 party，一起为她祝福。我更加想念艾丽，晚上竟然梦见艾丽回家过生

红色天鹅绒蛋糕，据说好吃极了，只是名字写错了

日，我想我应该给她写封信，算是送给她的生日礼物。

生日快乐

亲爱的女儿：

首先祝我们生日快乐！

昨天是我的生日，明天是你的生日。这几天，妈妈的心情很不平静，觉得有好多话想对你说。

今年的生日注定是特别的、有意义的，我们第一次相隔千山万水分别度过生日。在我小的时候，对过生日并没有什么特别的概念，就是觉得自己又长大了一岁，要吃点好的，虽然那时的物质生活很贫乏；长大一点，我知道了自己的生日是妈妈的苦日，知道心疼你姥姥了；在我20多岁后，逐渐产生了对过生日的恐惧和忧虑，有"岁月催人老"的感慨。但是，自从有了你——我的宝贝女儿，我对过生日有了另一种理解，因为每年的生日虽然意味着我又老了一岁，但是你却长大了一岁，喜悦的心情总能把我心中的一些无奈和忧郁赶得无影无踪。所以，妈妈特别感激你，因为你让我在每年的这个特殊日子里，都能真切地感受到生命的延续带来的快乐和美妙，让我忘掉生活中的烦恼，对未来满怀憧憬和希望！

产房里，你嘹亮的第一声啼哭犹在耳边，你第一次开口叫"妈妈"带给我的惊喜仿佛就在昨天。转瞬间，时光已经走过了20多年，今天的你，已经成长为一个秀外惠中的优秀女孩，我感到特别自豪和骄傲！

从去年的8月15日你登上去美国的飞机，距今已经8个多月了，但就在这短暂的几个月时间里，我们却经历了太多的第一次：你第一次离开父母开始独立生活，我第一次面对你遇到困难却无能为力；你第一次因为寂寞和无助而痛哭流涕，我第一次因为想念你而苦不堪言；你第一次将生活和学习安排得井然有序，我第一次见识了你克服困难的勇气和能力；你第一次和同学们到陌生的城市度假旅游，我第一次在你的镜头里领略到异国的美丽风情；你第一次成为影片中的女主角，我也第一次热切地盼望一部电影的"上映"。……当然，我们也经历了第二次、第 N 次：你第二次丢失了重要的证件，然而，幸运之神却第 N 次降临到你的身边。

地域虽然拉开了我们的空间距离，但是我们却从未中断情感的交流，每一次 QQ 聊天是我们亲情的表露，每一次视频互动是我们真情的体验。我们的心贴得如此之近：只要你高兴，我就特别快乐，得知你郁闷，我就非常难过，我们甚至有共同的第六感，血浓于水，只有最亲的人之间才会有这种默契。虽然我们的生日不能像往年一样一起度过，但是彼此的祝福却不因遥远而逊色，就像那浩瀚的太平洋——深邃而厚重，又像那蔚蓝的天空——纯净而浪漫！留学生活的种种体验不是你一个人的事情，而是我们共同的心路历程！

区区千余字，仅仅是一点感悟，不足以表达我们拳拳的母女之情、浓浓的牵挂、深深的祝福、真切的思念、挚爱的亲情，等等，这一切都在我们的心里。任何语言都无法完美表述生活的绚丽，所有文字都不能准确诠释生命的真谛，只是我们又都长大了一岁，我们的心智亦更趋成熟。珍惜现在拥有的一切，善待身边的每个人，拒绝庸俗和邪恶，过一种高尚的生活，做精神的富有者，以坚强、平静的心态面对挑战，艰辛的努力必将带来丰硕的成果！

——与你共勉！

再一次共同祝愿我们生日快乐！

妈妈
即日

恋　爱

　　艾丽在出国后不久就和一位中国留学生交往得比较频繁，我在和她交流的过程中也觉察到一些蛛丝马迹，但是艾丽没有给我说过什么，我也没有直接问，只是提醒她在男女关系的把握上一定要慎重，要洁身自好。

　　2012 年 2 月份的一天，艾丽终于和我正面谈到恋爱的问题，说是有个男同学对她很好，明确表示要追求她。在国外的特殊环境下，留学生的精神生活贫乏，彼此的好感很容易被误认为是爱情。我提醒艾丽要分清友情和爱情，但是她表示彼此很有眼缘，都想在一起。自然而然地，艾丽开始了出国后的第一次恋爱。他们学习上互相帮助，生活上互相照顾，艾丽甚至在情人节的时候收到了男朋友赠送的鲜花和巧克力。我一再告诫她，一定要自尊自爱，不要像有些女留学生，面对各种诱惑，把持不住自己。艾丽在这方面掌握得很好，平常他们各忙各的学习，周末在一起吃饭、出去购物等，是传统的、"纯洁"的恋爱方式。艾丽的性格比较外向，活泼好动，男孩的性格比较内向，有时还很倔，两人的个性差异较大，处理问题的思路也不同。随着恋爱初期的热情逐渐消退，他们的分歧逐渐显露出来，吵架的次数也越来越多，艾丽有一次跟我说："谈恋爱，很累！"

我很担心艾丽处理不好这件事情，会影响学习，甚至伤害了彼此的友情，造成不好的结果，于是经常提醒艾丽要互相包容，互相理解。我还给艾丽写了一封短信。

亲爱的女儿：

鉴于你最近的情况，我们觉得有必要提醒你一下：

你们相处时间太短，性格脾气各方面了解不透，感情的事情还是顺其自然比较好，所以你要想开，要自信，否则就会陷入被动。一定要慎重处理两人的关系，好好相处，要珍惜彼此。万一因为某些原因分手，要心平气和地谈开，一定不要互相仇视，避免出现过激的伤害行为。近几年，由于感情的问题反目成仇、造成人身伤害的事例太多了。

你费了那么多周折出国留学，你们的学习任务都很重，谈恋爱不要耽误了学习，不管是国内还是国外，就业压力都很大，没有真本事就不会找到好工作，哪来的资本谈恋爱、结婚？你上半学期有些课程考得不好，下半学期要努力了，希望你们把主要精力放到学习上，争取期末考个好成绩，否则荒废了学业，后悔就来不及了。

相信你一定能处理好这件事情！

祝你周末愉快！

妈妈

即日

16

恋爱

在他们正式交往了几个月后的一天，一个女生找到艾丽，说外校的一位学长来找她玩，她邀请艾丽和她一起陪学长吃顿饭。艾丽的男朋友那天恰好有事，没有参加，饭后那个女生临时有事先离开了。回家的时候，艾丽的男朋友正巧遇见学长开车送回艾丽，男朋友显然吃醋了，两人当时都不冷静，吵了一架。后来那个女生也帮忙给艾丽的男朋友解释清楚了，男朋友也很后悔，并向艾丽道了歉。艾丽考虑再三，还是提出了分手，这场小小的误会成为两人分手的导火索，虽然很遗憾，但是艾丽知道了什么样的人更适合她。

为了帮助艾丽尽快从这件事情中走出来，我和艾丽互相交流如何提高自身修养和自信心，我还把在网上看到的一篇资料——《女人充满自信　四种气质最美》，发给了艾丽。

遭遇种族歧视

　　我们在艾丽出国之前就了解了美国国内的种族歧视问题，总体状况普遍比欧洲国家好一些，但是美国各地的情况也不完全一样。在繁华的大都市，人们思想开放，种族歧视的问题不太突出，在闭塞的小城市，种族歧视的现象就会严重一些。艾丽到美国的第一年就遇到了这个问题。

　　艾丽有一门课程的老师大约 40 多岁，地道的美国人，艾丽每次作业都完成得很认真，还得到了美国同学的称赞，可是这个老师每次都只给她"D"。艾丽很担心这样会影响她期末的总成绩。有一次艾丽做作业格外用功，希望老师能给她"A"，可万万没想到老师只给了她"C"。艾丽实在是想不通，委屈地哭了好几次，感到非常郁闷、气愤，甚至有种想打他的冲动。艾丽不甘心就这样不了了之，就要去找老师评理。我很担心她的情绪不稳定，造成不好的后果，不断地劝导她，并帮她想办法，嘱咐她一定注意处理问题的方式，既不能触犯当地的法律，保护好自己，也不要低三下四地去求他，不要给中国人丢脸，要做到据理力争、不卑不亢。

　　艾丽静下心来认真思考对策，并开始实施自己的计划。艾丽向一个成绩得"A"的美国同学借来作业，和她自己的作业做了一番比较，找到了同样担任这门课的另外一位老师给评判了一下，这位老师表示艾丽的作业做得非常好，如果是他的学生他会给"A"的。艾丽又征求了其他同学的看法，同学们也都觉得老师给艾丽的作业成绩太低，不符合实际。这期间艾丽了解到那个老师对其他中国学生也做过类似的事情，之前学生们也找学校反映过，但是问题却始终没有得到解决。艾丽得知这个情况太晚了，否则她不会选这个老师的课。艾丽找到分管院长反映问题，没想到这位院长根本不予理会，几句话就把艾丽打发走了。没有别的办法，艾丽决定和这位老师正面交锋，她把自己所有的作业和同学的作业都带上，找到老师，希望他给出一个合理的解释。这位老师无话可说，但是也不同意更改前几次的作业成绩。艾丽表示要去相关部门反映这种明显的种族歧视行为，这位老师听到这些，眼神里明显露出了胆怯和不安，对艾丽的态度也有了转变。可是他表示之前的成绩不便更改，今后可以提前交给他作业，他看过之后如有修改意见，让艾丽先改完再正式交给他，艾丽也只好同意了这个答复。最后，艾丽的这门课只得了"C"，她虽然还是不太满意，但是也没有更好的办法了。

经历了这次挫折，艾丽更加坚强，她说："我绝对不会被这么一点挫折和困难打败的，出国的目标很明确，求学的道路很艰辛，但是我一定会克服困难，完成自己的既定目标。"

暑假前的事情

2012 年 5 月中旬到 8 月中旬，是艾丽出国后的第一个暑假，她盼望着假期回国和家人团聚，并在 3 月初的时候就预订了 5 月 15 日的机票，是日本航空公司的，同行的还有好几位同学。艾丽把假期里的事情也都提前安排好了：选修了两门网络课程，作业和考试都可以在网上完成；分别到最疼她、最挂念她的姥姥、奶奶家住几天，给老人家仔细讲讲她在国外的所见所闻；和关系最好的几个同学聚会，这些同学中有在其他国家留学的，也有留在国内上大学的，大家也都期盼着在一起交流近一年来的感受；其余时间在家里和我们一起度过。

随着假期的临近，艾丽也进入了紧张的复习阶段，她一边应付考试，同时还要做好回国前的各项准备。这些事情说起来容易，实际办起来很繁琐，需要耗费很多精力。艾丽跟我们说不要担心她，各种事情她都考虑周到了，会逐项落实好。

艾丽刚去美国时的第一个舍友在 2011 年 12 月份就已经毕业回国了，艾丽在网上提前发布了"诚招舍友"的消息，很快，一个刚从国内去的安徽女生成为她的第二个舍友。2012年暑假之前，这个舍友要搬到她新交的男朋友那里去住，艾丽也决定再找一个离教室和图书馆距离近一些的公寓，这样下学期就能更方便了。去美国9个多月的时间里，艾丽在这个公寓住得很好，和前后两个舍友、邻居都相处得很融洽。房东是一个近70岁的美国老人，艾丽虽然和房东不经常见面，但是室内设施一旦出现问题，房东都能及时和维修人员联络，在尽量短的时间内修好。有一次，房间的门锁坏了，艾丽放学回家怎么也开不了门，恰好房东去了外地，他打电话联系修锁人员及时更换了门锁，先由艾丽垫付了40多美元。房东回来后，想让艾丽全部负担这个费用，艾丽不同意，最后经过协商，双方对半承担，其他设施的几次修理费用都由房东全部承担。这次，艾丽帮助房东发布了"转租公寓"的消息，很顺利地就找到了要来租房的人。5月9日那天，艾丽约房东来检查室内设施，并要求房东退还之前交付给他的400美元押金，房东表示要扣掉150美元用于粉刷墙壁，艾丽说："上一个房客住了2年，我才住了9个月，要我来出这个钱似乎不太公平哦。"房东说："那你就出一半吧，75元。"艾丽继续和他商量："可以是可以，但是我又帮你找到个房客，难道你不要奖励我么？你的这个半地下室并不好出租呢，有点潮湿，而且离教室不算近啊……"房东听艾丽这么说，爽快地应道："那好吧，我一分都不扣你的了。"他还对艾丽说："祝你好运！"我想这位老人也许根本就没想扣艾丽的押金，只是逗她玩罢了。因为艾丽还没有找到更合适的房子，可是回国的时间已经确定，所以她最晚要在5月14日搬离现在的住所。艾丽租到了一个仓库的角落，把自己的东西先搬到这个仓库里暂存，直到假期结束找到合适的住所，再把东西搬到新租的公寓里。

艾丽准备往国内带些东西，她向其他同学了解情况，又咨询了允许带回国的物品类别，在她常去的超市购买了巧克力、酒、食品、衣服等，在网上定购了保健品、护肤品、香水、手机、包等等。和国内相比，这些"奢侈品"在国外卖得很便宜，网上的价格还要更低一些。艾丽的同学还让她捎带了一些电子产品，她的两个大旅行箱塞得满满的。

艾丽归还了学校图书馆的图书和大量辅导材料，又借来假期里需要的教材、资料等，提前交上暑假网络课程的学费，和学校国际学生服务中心联系，填写、领取回国时办理续签证手续所需的表格。

　　我还是有些不放心，又给艾丽提醒了几点需注意的事情：保管好贵重物品、现金、银行卡等；准备好捎带物品的发票，以备安检；由于携带的行李较多，不要放得太分散，便于看管；注意安全，旅途中和同学们彼此互相照应；这两天注意休息，保存体力，保证旅途顺利。艾丽把一切都准备妥当，只等待考试结束就和同学们一起踏上回家的旅程。

18

暑假前的事情

19

漫漫回家路

即将见到久别的艾丽，我激动得睡不着觉，提前一个多月就开始打扫她的房间，晾晒她的衣物和被褥，天天盼望着艾丽的暑假快点到来。

5月15日上午（当地时间5月14日傍晚），艾丽她们一行五人，三个女生、两个男生，集中在其中一个女生的家里。这个女生的舍友要晚几天回国，室内的水、电、网络等都在正常使用。艾丽她们要在这里等到凌晨2点左右，提前预订的长途车会来接她们前往圣路易斯国际机场。飞机将在次日早上7：15起飞，之后分别在芝加哥机场、日本成田机场转机。北京时间5月16日下午14：45，我收到了艾丽给我的QQ留言，她们一行已经到达日本成田机场，等待晚上的航班飞往上海。艾丽说，日本航班上的服务质量很好，很人性化，因为是在美国启航，服务人员都是按照美国的时间安排乘客的作息。白天的机舱灯火通明，晚上就把灯光调暗下来，即使这时的舱外阳光明媚。这样，乘客能够得到充分的休息，减轻一些旅途的疲劳。航班上提供的食品味道也非常好，空姐的服务热情周到，乘客的需求都能得到最大程度的满足。晚上21：55，艾丽她们已经到达上海浦东机场，同学们来自不同的省份，当天晚上都赶不上从上海飞往各地的航班，她们准备在机场休息一晚，第二天再分别飞往家乡的城市。艾丽乘坐的航班第二天9点多才起飞，回到家里也要到午后1点多了，这样算起来，艾丽从离开学校到踏进家门，旅途的时间长达48个小时！为了省下一些路费，女儿要承受太多的辛苦，这次回来后我一定要告诉她，下次不能再订这种机票，太累了，我们不忍心！

5月17日上午，我们提前一个多小时在机场等候，恍惚间，我拧了一下自己的胳膊，疼，不是在做梦。艾丽离家9个多月了，多少思念，多少担忧，多少次和艾丽在梦里相见，马上就要见到亲爱的女儿了，我要摸摸她的手，我要亲亲她的脸，我要搂紧她的腰。回想去年8月份，艾丽孤身一人离家远行，经历了挫折、彷徨等诸多困难和挑战，仅仅过去了几个月的时间，她变得成熟、坚强，能够勇敢地面对生活和学习上的各种考验，实现了对我们的承诺："明年回来还你们一个破茧成蝶的新宝贝。"想到这些，我感到由衷的欣慰。

等待的时间是那么漫长，我们不时查看航班信息，频频向出口处张望，终于，我看到了女儿熟悉的身影：艾丽穿着紫红色的上衣、休闲裤，一头乌黑的秀发，一脸倦容，还拖着两个大旅行箱。她爸爸赶紧迎上去接过行李，我却呆站在那里。我日思夜想的女儿此时此刻正在向我走来，一瞬间，我已经泪流满面，直到艾丽快步走近我，叫我："妈妈……"我张开双臂紧紧地拥抱她！

搬　家

　　相聚的时间是那样短暂，我觉得还没怎么好好地享受艾丽在身边的日子，她的暑假就快结束了。艾丽回国时预定的是往返机票，而且来回都有同行的同学，我们依依不舍地把她送到了北京。在北京机场她和同学们会合，我感觉这次离别不像第一次出国时心里那样难过，艾丽自己也觉得比较轻松。艾丽将乘坐 2012 年 8 月 14 日上午 9：10 的国际航班返回美国，她们途中要在日本成田机场转机，然后飞行 11 个多小时到达芝加哥，再转机飞往圣路易斯，一路下来也要接近 24 个小时。

　　其实，艾丽是 2012 年 8 月 20 日正式开学，提前几天回去，主要是为了搬家。这次的公寓是假期在国内的时候上网联系的，位置很好，距离教室和图书馆很近，只不过舍友是两个男生。虽然艾丽一再强调这是暂时的，回去之后就会尽快联系更合适的房子和女生合租，我仍然接受不了她和男生的短暂合租，后来了解到，在美国这种男、女生合租公寓的情况也较普遍，我就不再去干涉了。其实，自从艾丽出国以后，遇到的很多事情和在国内完全不同，我们根本不可能按照以往的标准去要求她。艾丽能够适应环境，独自解决各种问题，顺利完成学业，就是最大的成功。

　　艾丽在 8 月 15 日下午顺利到达学校，并把上学期末暂存在仓库里的东西搬到了刚租的公寓里。8 月 17 日凌晨，我刚睡下，突然被急促的电话铃声惊醒，原来是艾丽打来的国际长途。我立即接听，艾丽说："妈妈，我丢了银行卡、电话卡，还有一瓶刚买的洗发露。"接着她就哭了起来。我赶紧追问是怎么回事，那一刻我的心情异常紧张，担心她的人身安全受到威胁。她说："是新舍友在收拾东西的时候不小心当垃圾扔掉了，不是我丢的……"我稍微松了一口气：还好不是什么更严重的事情。艾丽之所以这么"小题大做"，是因为在这次返回美国的前一天，她发现在美国当地办理的美国银行卡找不到了，很沮丧，只好返校后先去银行办理挂失，而这次丢失的是国内的银行卡，也就是说她现在手上一张银行卡都没有了，很不方便。再就是这件事情说明她还是没有彻底改掉丢三落四的毛病。在这之前，我提醒她保管好贵重物品时，她总是不耐烦地说"知道了，我又不是小孩子了"。这次第一时间跟我说明不是她自己弄丢的东西，而且还委屈地哭，把责任推得一干二净，就是担心我再数落她。我只能先安慰她不要再哭了，舍友也不是故意的，当前应该做的事情应该是抓紧时间寻找。艾丽当即就去了垃圾处理厂，向那里的工作人员说明情况，他们做了详细的登记，并积极寻找。但这次显然不及上次幸运，丢失的东西一样也没有找回来。我们及时在国内给她办理了银行卡挂失，至于那张电话卡，因为数额不大，就不管它了。艾丽的时间很紧，开学前有很多事情要办，这件事情让她感到很郁闷。

　　又过了几天，等艾丽情绪稳定了一些，我又和她交流丢失东西的事情，对她提出了批评：舍友对这事并不应该承担全部的责任，你也有责任，为什么不把这些东西放在自己的房间里，而是随便放在客厅呢？而且银行卡不单独放好，却和电话卡、洗发水混放在一起，人家还以为那包东西是你不要的呢，我相信他们也不愿意在你刚搬来时就发生这样的事情。所以，你要接受教训，以后要加倍小心保管好自己的贵重物品，养成好习惯。艾丽这次只能任由我"叨叨",不敢再表现出任何不耐烦的情绪了。

艾丽和两个男生合租了不到一个月,就感到生活很不方便。大家共用一个卫生间和厨房,上课的时间不一样,互相影响,而且这两个男生的年龄都比她小,写完作业就一起上网打游戏,一有空还互相交流玩游戏的技巧,艾丽实在是和他们说不到一块,可以说还没有完全安顿好就又急着搬出来和一个中国女孩合租了。由于时间仓促,艾丽搬了家以后才得知这个女孩性格孤僻、个性很强,十五六岁就去了美国,寄宿在美国人的家庭,一住就是好几年,直到后来上大学。她经常回到寄宿家庭看望家人,结交了很多美国朋友,但和国内父母的感情却逐渐疏远,和学校里的中国人更是没有共同话题,所以没有交到一个中国朋友。舍友家的经济条件较差,课余时间要做两份兼职工作,但生活仍然非常拮据,自卑感很强。她和艾丽的个性差异也较大,各自的朋友圈子完全不同,没有交集,两人的生活习惯也不同,基本不在一起吃饭。舍友在两性关系的处理上比较开放,认识不久的男性朋友来找她,时间晚了就会留宿,这时,艾丽只能到别的同学那里借住,这对艾丽的学习和生活都带来了影响。两个人住在一起,难免有些生活上的小事意见不一致,时间久了很容易产生矛盾。我一直提醒艾丽多和舍友交流,加深彼此的了解,同时再继续寻找更合适的房子。

我的担心不是多余的,两个人的关系,只靠一个人的努力显然是不行的。不久后的一天,艾丽突然在下午5点多联系我,这个时间是美国的凌晨,我立即紧张起来,担心发生了什么事情。果不其然,原来是两个人闹翻了。因为是舍友先和房东签的租赁协议,房东并不知道艾丽在住他的房子,严格来说艾丽这样做是违法的。舍友在极不冷静的情况下让艾丽当晚就搬离,艾丽事先没有思想准备,这个突发情况确实给艾丽出了一个大难题。艾丽的一个朋友一个人住着一套公寓,她得知艾丽的遭遇后,第一时间主动邀请艾丽搬到她那里一起住。艾丽非常感动,立即同意了。艾丽平时的交往较多,一说搬家,大家都很帮忙。艾丽在和我联系的时候已经让同学们帮忙搬完了家,只是她的心里不平衡,觉得让舍友轰出来挺没有面子,所以向我发发牢骚。后来，那个女生也觉得做得太过分了，委托另一个同学给艾丽道歉，并把艾丽遗忘在那里的几样小东西送还给艾丽。后来艾丽得知，她早就物色好了另一个合租的同学，那天纯粹是找茬把艾丽赶走。我一再开导艾丽：可能她就是愿意和更加合得来的人一起住，只是在处理问题的方式上欠妥，和舍友相处与和其他同学相处的模式不完全一样，一定要更加包容对方，双方求大同、存小异，避免小问题积累成大矛盾。既然搬出来了，就别让矛盾再升级，要做个宽容大气的人，让自己的生存环境轻松一些，否则心情会变得很差，也不能安心学习。通过这个事情，艾丽也深切地体会到，在国外独立生活，必须要提高与人交往的能力，学会与不同类型的人打交道，这样才能吃一堑长一智，不至于自己太被动。这次的问题在于，刚开始时，她俩完全不熟悉就住在了一起，缺乏互相了解的过程，生活空间小，难免出现矛盾，有了矛盾又没有采取有效的方式去解决，最后导致不可收拾的结果。

艾丽和现在的舍友早在半年前就互相认识，彼此很投缘，舍友是北京人，两人的生活习惯也相近。搬完家以后，艾丽非常满意，虽然房间的面积小了，但离教室近了，房租也便宜了。艾丽卖掉了一个旧桌子和一个旧微波炉，添置了几样新家具——鞋架、窗帘、沙发等，很实用。她和新舍友关系很融洽，互相帮助，彼此照顾，遇到困难一起商量解决，两人逐渐成为无话不谈的闺蜜，亲如姐妹。艾丽本来就爱收拾房间，喜欢把自己的东西井井有条地摆放好，桌面、地面都擦得很干净，这些是她从小就养成的好习惯。搬到这个新家后，她更有兴致收拾家务了，厨房、厕所这些和舍友共用的地方她也主动承担起打扫卫生的任务。舍友说她长这么大没见到过这么讲究卫生的人，一直夸她太勤快了。现在的孩子大部分不会做家务，可是我们觉得，女孩子还是会操持一点家务比较好，所以我们一直在培养艾丽这方面的能力。出国以后，艾丽很快能够独自打理自己的生活，她把这些归功于家庭对她的影响，由衷地感激我们。

20

搬家

21

关 于 车

在美国，如果没有汽车，日常生活会很不方便，有时甚至是寸步难行。美国居民小区的环境和中国有很大的不同，中国的居民住宅小区附近或者小区里面就有不少便民的小店，可以买到蔬菜、水果、鸡蛋、馒头等生活用品。在美国，住宅区只是住宅，商业区才有商店，小区附近是没有大超市的，只有为数不多的小商店，卖些零食、饮料等。所以美国人每家都有个超大的冰箱，他们要定期外出采购大量的生活用品储存在冰箱里，而这一切的基础就是必须有代步的汽车。在美国，几乎人人都会开车，人人都有驾驶证（Driver License），驾驶证就是身份证，每个家庭都有一辆或几辆汽车。私家车的发达导致了一个结果，那就是公交系统和出租车行业相对落后。

艾丽的学校每周都有到超市和商场的校车，车上的乘客较多。进了超市以后要在一个小时之内买完所需的东西，再到超市外面的候车点等待返程的校车。校园内的停车点离艾丽的公寓较远，要步行 20 多分钟，买的东西多了就会拿不了，买的少了又不够用的。平常去银行、邮局、药店等地，没有车就更加不方便了，而乘坐出租车是要提前打电话预定的。假期的时候，校车会停开，没车的学生要在假期之前把生活用品买回来，如果假期较长，前期准备的食物吃完了，就要想办法租车或者麻烦别人开车去超市购物，否则真的会饿肚子。有车的同学假期里可以约上几个同学一起出去旅游，油费平摊。所以，有一辆代步的汽车，无论质量好或差，对留学生来说不仅能给个人生活带来极大的方便，大家也都会对他高看一眼，常常会有人请车主吃饭，或者赠送小礼物，因为有个什么事情，还是要请这些有车的同学来帮忙。也就是说，"有车的就是大爷"，甚至有车的男生比同等条件下的没有车的男生更容易找到女朋友。

艾丽一般情况下都会乘坐校车，没有校车时她会和舍友一起预约一辆出租车去超市购物，这样也比较方便。有时她也会搭乘同学的车去超市，那就要看同学的时间，而且会欠下人情，次数多了就要请人家吃顿饭或者直接支付油钱。有一次，艾丽和她的舍友搭乘另一个女生的车去超市买东西，舍友买的东西多一些，耽误了一些时间，车主明显地表示不满，回来时借故把车停在了离艾丽家较远的路口，艾丽和舍友跑了好几趟才把东西搬回去。这件事对艾丽的触动很大，从那以后，艾丽就下定决心，一定要买辆车，并且要自己赚钱去买，但她从没想过找一个有车的男朋友。艾丽骨子里就是这样一个自主、自强、自立的女孩。

有一次，艾丽说她坐同学的车出去的时候，和别的车相撞了，幸亏人没有出大事，可是车上的玻璃碎了一地，车门也掉了。她们报了警，处理完现场后各自回到家，这时俩人都觉得身体出现了不适，艾丽更是觉得头疼、头晕、恶心。我立刻紧张起来，根据她的描述，初步判断是轻微脑震荡，我赶快告诉她到医院看看，可当时学校医院已经下班了，校外的医院离学校较远，也不清楚这种情况能不能使用学校的医疗保险。我跟艾丽说，不管能不能用保险，该检查就检查，该花钱就花钱。她说休息休息看情况再说，我却一直担心，晚上一宿没睡。

后来，艾丽卧床休息了两天，她的身体才逐渐好转，真是不幸中的万幸。我再一次给艾丽强调安全的重要性，不只是乘车出行，孤身在外，各方面都要小心。其实，我们不赞成艾丽上学期间买车，也是对安全问题心存顾虑。

美国的家用轿车很便宜，中国人购买新车的多，而大部分美国当地人、留学生会买二手车，二手车的价格从四五千到几万美元不等。当地有些汽车商还会提供其他的汽车业务，艾丽的一个女同学在当地一个车行花7000美元买了一辆二手车，开了半年后又原价卖回给了车行，真不明白这样的买卖商家怎么能够赚到钱。

美国各州的交通法规不太一样，有的州可以直接用国内的驾驶证做个更换就可以，有的州则不认可中国的驾驶证。在密苏里州，考取驾驶证比国内要容易得多，费用也很低，笔试和路考都是免费的，考试合格后，只需支付驾驶证工本费就可以了。考试时监考官极为重视驾驶安全，相对而言，驾驶技术较为次要，因此对新手而言，不必太担心驾驶技术问题。

"多事之秋"

　　自从艾丽出国以后，每天浏览美国新闻已经成为我的习惯，尤其是艾丽所在的密苏里州的情况，我更是格外关注。2012 年 8 月 1 日，美国疾病控制预防中心（CDC）报告，截至 7 月底，该中心已接到 241 人感染西尼罗病毒的报告，其中 4 人死亡。西尼罗病毒病是由西尼罗病毒（West Nile Virus，WNV）引起的传染病，是一种人兽共患病。近年来西尼罗病毒病出现在欧洲和北美的温带区域，对人和动物的健康构成了威胁。这种病的严重危害是使人和马患上致命的脑炎，使鸟、鸡等动物死亡。8 月 12 日，美国德克萨斯州疾病控制预防中心公布，该州报告已有 351 例感染西尼罗病毒，其中 15 人死亡。2012 年 8 月 23 日，美国疾病控制预防中心称：最大规模的西尼罗病毒在美国诸多地方爆发，全美有 38 个州报告了人类感染案例，美国疾病控制预防中心共接到了 1118 个案例报告，其中 41 人死亡。

　　据美国媒体 2012 年 10 月 7 日报道，美国联邦政府卫生官员称，已确认的真菌性脑膜炎病例上升到 91 例，其中 7 人已经死亡，可能还有数以千计的人受到感染。美国疾病控制预防中心称，多数的病例发生在南部的田纳西州，当地有 32 个确诊病例，3 人死亡。引发此次疫情爆发的原因是一种由马萨诸塞州新英格兰合成药物中心（NECC）生产的类固醇针剂被真菌感染，一些患者在注射被感染针剂后，会染上罕见的脑膜炎。许多背部疼痛病人选择在脊柱处注射这种不含防腐剂的类固醇针剂来抑制疼痛。美国卫生部官员说，23 个州的 76 家医疗机构均接受过这种被感染的类固醇针剂，NECC 已经自愿召回 3 批类固醇针剂。为保险起见，美国食品与药物管理局（FDA）要求医生、诊所和消费者停止使用所有由 NECC 生产的产品。食品与药物管理局正在调查这次疫情所波及的范围和发生的原因。6 日新出现的两名死亡病例均来自密苏里州，其他死亡病例则出现在马里兰州、田纳西州和弗吉尼亚州。美国疾病控制预防中心透露，田纳西州报告的病例最多，达到了 32 人，其中 3 人已经死亡。佛州、印第安纳州、明尼苏达州、北卡州和俄亥俄州均确认出现了病例。据悉，其他购买过 NECC 产品的州包括加州、康州、乔治亚、爱达荷、伊利诺伊、新罕州、新泽西、内华达、纽约州、宾州、罗得岛、南卡州、得州和西弗吉尼亚州。

2013 年 1 月 12 日消息，美国流感疫情已经扩展到 47 个州，部分地区出现疫苗短缺。美国疾病控制预防中心数据显示，全美因流感入院治疗的病人至少有 3700 人，流感致 20 名儿童丧生。由于向医院急症室求诊的流感病人数目倍增，不少医院被迫采取紧急应变措施，包括在停车场搭建帐篷接收病人及限制探病人数等，波士顿市长较早前更宣布进入公共卫生紧急状态。美国今年爆发的主要是属于 H3N2 及 H1N1 的 A 型流感，有关当局虽然促请国民尽快接种预防流感疫苗，但疫苗只对 62% 的接种者发挥功效。

得知这一系列情况，我立即给艾丽留言，提醒她要特别注意卫生，多喝水，作息规律，锻炼身体，增强体质，提高自身免疫力。

另外，美国还发生了两起较严重的暴力袭击案件：

2012 年 8 月 24 日消息，据美国哥伦比亚广播公司（CBS）报道，美国纽约曼哈顿帝国大厦附近发生枪击案，已有包括枪手在内的 2 人死亡，另有至少 8 人受伤。虽然艾丽的学校离纽约很远，我还是嘱咐她注意安全，不要去人员密集的地方，晚上尽量不要出门。

2013 年 4 月 15 日下午 2 点 50 分（北京时间 16 日凌晨 2 点 50 分），美国波士顿马拉松比赛终点线附近发生两起爆炸，造成 3 人死亡，183 人受伤，其中 17 人伤势较重。这是"9·11"事件后 11 年来发生在美国本土的首起恐怖袭击事件。4 月 18 日，波士顿马拉松赛爆炸事件的嫌疑人又在麻省理工学院制造了一起枪击案，枪杀了麻省理工学院的校警后，盗窃了一辆汽车逃走。该案的两名嫌疑人中的一人被击毙，另一名嫌犯仍在逃。

一段时间，美国还遭遇了各种自然灾害，美国被称为"龙卷风之乡"，每年都会有 1000 到 2000 次龙卷风灾害，而且强度都较大，这主要是和美国的地理位置、气候条件以及大气环流特征有关。中新社纽约 2012 年 9 月 8 日报道称，纽约和弗吉尼亚等美国东部多个地方当地时间 8 日遭受龙卷风袭击，造成供电中断和交通受阻。遭受龙卷风等恶劣天气袭击的地区目前还没有人员伤亡的报告，但大面积断电现象严重，弗吉尼亚初步统计已有 10 万户居民断电，哥伦比亚特区和马里兰州有 6 万户居民断电，而纽约则有 7800 多户断电。龙卷风等恶劣天气尤其给纽约州带来很大影响：起降肯尼迪和拉瓜迪亚机场的航班发生延误，原定于 8 日晚在纽约进行的美网公开赛女单决赛也被迫改到 9 日举行。另外，纽约州府奥尔巴尼原定 8 日晚的爵士音乐节也已取消。纽约当天发生龙卷风的具体地点位于皇后区和布鲁克林区。美国国家气象局对纽约州、新泽西州和康涅狄格州等地的龙卷风警报持续到了深夜。据气象专家测算，当天袭击皇后区的龙卷风风速达到每小时 113 公里，袭击布鲁克林区的龙卷风风速则达到每小时 177 公里。纽约消防局发言人称，接到了一些零星的小规模损毁报告。弗吉尼亚方面确认，8 日下午当地遭遇了龙卷风，当地重要交通枢纽切萨皮克湾桥被暂时关闭。2007 年和 2010 年，纽约均曾遭遇龙卷风的影响，当局呼吁人们提高警惕。在俄克拉何马州已有 4 人于 7 日因恶劣天气带来的暴雨而丧生。

艾丽那里也多次遭遇了龙卷风的袭击，学校因此多次放假，好在龙卷风到来之前都会预报，建筑物也都有地下室，人们可以在地下室躲避龙卷风的袭击。

飓风"桑迪"，是形成于大西洋洋面上的一级飓风。2012年10月24日、25日、26日，飓风"桑迪"袭击了古巴、多米尼加、牙买加、巴哈马、海地等地，造成大量财产损失和人员伤亡。北京时间2012年10月30日上午6点45分，飓风"桑迪"在美国新泽西州登陆，截至11月4日上午，飓风"桑迪"已导致美国113人死亡，联合国总部受损。11月初，正值美国第57届总统选举，美国东海岸城市又遭遇暴风雪的袭击。

从2012年的8月份开始，直到2013年4月份，美国的自然灾害和各种事故频发，仿佛进入了"多事之秋"。因为担心艾丽的安全，我很长一段时间都是在焦虑的情绪中度过，有时晚上会彻夜失眠。

隐身观察

　　我们和艾丽的主要联系方式是 QQ 聊天，从她的 QQ 状态也能了解一些近期的状况。但是有一次我问到她刚改的 QQ 状态是什么意思时，她有些不耐烦了，说什么很后悔用这个 QQ 号和我聊天，当时就应该专门申请一个号，省得我整天啰里吧嗦地问这问那。从那之后，我看到她的状态改了也不敢问了。可是我又觉得心里闷得慌，于是就改变策略，关注她校内人人网上的动态，那上面的内容很丰富，有她的最新消息，还有照片，我真是喜出望外。可是好景不长，她不久就发现我经常去她的校内网访问，果然又不乐意了。这可怎么办呢？想多了解一点她的情况，又不想让她发现，我终于找到了一个两全其美的办法，那就是隐身上人人网。很长一段时间她都没有发现我，我就像特工一样关注她的一切动向，随时掌握情况。我感到这样做我的心里会踏实一些，至少在她没给我及时留言的时候，我知道她正在忙自己的事情，处于安全、正常的状态，也减轻了一些对她的思念之苦。后来，我又悄悄关注艾丽的新浪微博，那上面也能发现她的一些信息。

我一度想艾丽想得厉害，晚上经常失眠，有时还莫名其妙地担心她的安全。艾丽说去锻炼身体，我就担心她别扭伤了脚；艾丽说晚上去图书馆，我会想她回宿舍的时候有没有一起做伴的同学，会不会遇到坏人；艾丽说同学开车带她去超市了，我就不由得担心她们的交通安全，每天早上起来第一件事就是查看有没有艾丽的 QQ 留言或 QQ 状态有没有变化。总之，我无时无刻不在挂念她。

　　后来，我又学会了用微信，和艾丽也互相加为好友，我们有时会用微信交流，而且上面还有朋友圈，艾丽发的朋友圈内容我也能看到，我觉得微信真是个好东西。可是后来听同事说，发朋友圈的内容是可以屏蔽掉一部分人的，艾丽或许有些不想让我们知道的消息，在发布的时候就把我屏蔽了。我觉得心里有些不太平衡，但是也没向艾丽求证。后来我也想开了，女儿长大了，有自己的空间，有些不愿意让家里人知道的事情，我也能理解。随着时间的推移，艾丽的生活和学习逐渐稳定下来，处理问题的能力也在不断提高，我也慢慢习惯了艾丽不在身边的生活，对她也渐渐放下心来，上人人网、关注微博、微信的频率也逐渐减少了。

纽约印象

　　艾丽和她的同学们对纽约这个世界大都市心存向往和好奇，她们计划在 2012 年感恩节假期去一趟纽约。她们找到了一个在纽约上大学的朋友，免费住宿，这样就能省下一部分开销，只是住处离市中心较远，坐地铁要一个多小时。再就是感恩节期间，好多商店商品打折的力度很大，可以买些平常不舍得买的"奢侈品"。她们提前定好了往返机票，详细计划这几天的行程安排。由于之前飓风"桑迪"（Sandy）袭击了美国东海岸，美国东部地区遭遇狂风、暴雨、暴雪及洪水灾害，并引发了大量停电断水、通讯中断以及火灾、交通等方面的事故。据报道，这场飓风导致美国 800 万居民无电力供应、100 多人死亡，毁坏大量公共设施、建筑物，数十万人无家可归，造成了接近 500 亿美元的重大损失。飓风的影响涉及美国东部 17 个州，其中 10 个州发布了紧急状态预警。纽约州和新泽西州首当其冲，受灾最为严重，总统奥巴马在 10 月 30 日宣布这两个州为重大灾难区。纽约市的机场、公交车、地铁和铁路等公共交通系统因飓风关闭，纽约在飓风袭来时遭受了较大程度的破坏，特别是有着 108 年历史的纽约地铁系统，受灾尤其严重。纽约证券交易所也因为飓风罕有地关闭了两天。我提醒艾丽，是否要改变计划，免得去了以后玩不好，东西也买不成。可是艾丽却并不这么想，她说 20 多天以后才去纽约，到那时也应该基本恢复正常了，即使没有恢复的话，也正好看看这百年不遇的飓风过后纽约到底成了什么样子，这也是很难得的。

艾丽她们在临行前几天，得知纽约的朋友因临时情况没法安排她们住宿。可是艾丽她们的机票已经买好，她们就按原计划来到纽约，在离市中心距离较近的地方找到一个旅馆住下来，这样能节省些时间，出行的计划也相应做了一下调整。

这次的纽约之行时间较短，只有四天，有两天的时间她们是跟着旅行团游览，其他时间她们去了唐人街，吃到了正宗的中国菜，还去了纽约市中心的几个著名景点。艾丽说对纽约总的印象还是和之前想象的不太一样。

纽约的"大"：纽约由五个区组成——布朗克斯区（The Bronx）、布鲁克林区（Brooklyn）、曼哈顿（Manhattan）、皇后区（昆斯区）（Queens）和斯塔滕岛 (Staten Island)。全市总面积达 1214.4 平方公里，比芝加哥大多了。

纽约的"杂"：纽约是全美人口最多的城市，也是个多族裔聚居的城市，拥有来自 97 个国家和地区的移民。截至 2012 年，纽约市的人口为 83.4 万人，其中包括西裔在内的白人约占 67.9%、非裔 15.9%、亚裔 5.5%，使用的语言达到 800 种，在纽约，各色人种都能见到。

纽约的"快"：纽约是一个著名的快节奏生活的城市，人们从一起床就开始匆匆忙忙地奔波，走路快，吃饭快，就连说话的语速都快，街上的人行色匆匆，目不斜视。

纽约的"贵"：和艾丽所在的美国中部相比，纽约的一切都贵，吃、穿、用、住、交通等等，艾丽她们这次旅行的费用远远超出了前期的预算。感恩节期间，纽约的商品打折的幅度较大，有的高档品牌的商品甚至能打到一至两折，很多中国人都是赶在这个时候去美国购物，能比平常节省下很多钱，艾丽她们也趁机买了一些打折物品。

纽约的"乱"：纽约市几个区的治安情况不太一样，曼哈顿的情况较好，如果乘坐地铁，要坐车头和中间，有列车员的地方比较安全。纽约的乞丐也比较多，这和纽约的整体形象不搭调，让人感觉怪怪的。

纽约的"强"：纽约的抗灾能力很强，艾丽去纽约的时间正是飓风过后不久，硬件设施有些还没有完全恢复，但交通状况基本不受影响。据当地人讲，飓风到来的前几天，市民们就已经提前做好了准备，有的大学的学生全部被从住处召集到体育馆，一人发一个睡袋，哪里也不许去。灾后不久，水、电、网络等基本得到恢复，人们在灾难面前不畏恐惧、镇定自如，有的人更是将多余的食品、生活用品摆放在家门口，无偿提供给需要的人。

纽约的"热"：纽约是一座世界级的国际化大都市，是全球经济、金融、媒体、政治、教育、旅游、娱乐以及时尚界的中心，具有巨大的经济规模和多样性的需求，是世界上最热门的城市，纽约也能够为外国留学生提供更多的就业和实习机会。

11 月 26 日，艾丽她们结束了短暂的旅行，顺利回到了学校。

时代广场夜景

从洛克菲勒大厦最高一层鸟瞰整个纽约市

2013 年的春节

艾丽的爷爷和姥爷在她七八岁的时候就相继去世了，奶奶、姥姥健在，艾丽的姥姥已经 70 多岁高龄，年轻时走南闯北，见过世面，也有文化，每天看报纸，关注时事新闻。艾丽出国后，她更加关注美国新闻、中美关系、留学生情况等等与艾丽有关的事情，同时也非常想念艾丽。她执意要学习电脑操作，让我给她申请了一个QQ号，买了写字板，安装了摄像头和麦克风，这样她就能随时给艾丽留言，也能经常和艾丽视频了。艾丽说，姥姥的生活经验丰富，又很有耐心，对她生活上的指导很到位，虽然有些事情不一定都符合她那里的实际情况，但是总的来说对她的帮助很大。

2013 年春节前夕，艾丽和姥姥视频，提前拜年，并关切地询问姥姥的身体情况和日常生活。艾丽奶奶的年纪和姥姥差不多，她不会操作电脑，艾丽就给她打国际长途电话，奶奶每次听到艾丽的声音都特别激动，然后不停地询问艾丽的情况，盼望她早些回国。年三十吃年夜饭的时候，大家很自然地谈起他们接到艾丽电话时的情景，这次最开心的是艾丽的大婶：艾丽把电话打给大叔时他正在刷牙，大婶听到是艾丽的越洋电话就把手机抢了过去。大叔的牙刷是自动的，3 分钟一停，他按了 3 次，至少 9 分钟了，大婶还没和艾丽聊完呢。她们兴高采烈地谈了十几分钟，然后大婶和艾丽说再见，挂上电话后才想起艾丽还没和大叔说话呢。听到这里，大家不禁大笑起来。

艾丽在这个时候更加想家，姥姥做的炸鱼和水饺、奶奶做的鸡蛋饼和大包子，都是她最爱吃的，好在这是她在美国度过的第二个春节了，艾丽很快克服了负面情绪，并给我写了一封信：

寻找快乐

妈妈：

最近一段时间，可能是由于学习紧张，生活单调，我的情绪不高，有时甚至觉得苦闷。尤其是临近春节，我觉得特别孤独，也特别想家。今天有点时间，思考了一些问题，我觉得自己的郁闷，其实并不是外界的问题，而是我自己的问题：我心里好像一直有个"监狱"，那里面装着几个人，是出国以来对我不友好、找过我麻烦的人，一想起他们我就觉得生气、懊恼、愤怒，总之会感到不舒服。可是我今天突然意识到，我心里的那个"监狱"里其实只锁了一个人，那就是我自己。我把自己锁在"监狱"里，不让自己去见太阳，不让自己去快乐，我不能原谅那些伤害过我的人，对他们一直耿耿于怀，甚至一直在想对这些人进行报复。其实，每个人都有狭隘、自私的一面，人们最难战胜的是自己，我要把自己从"监狱"里放出来。我不是毫无原则的人，我也不会轻易忘记那些伤害到我的事情，但是，我真的应该"感激"那些人，他们让我了解到世事复杂，让我迅速成长起来，去应付将来可能遇到的更复杂的事情，虽然这种成长是痛苦的。

所以，我应该感到庆幸，我必须豁达、开朗、快乐起来，就像你给我说的："每天给自己一个快乐的理由，这样才能正常地去学习和生活。"我又重温了你给我的"心理提示"："你整天愁眉，自然生就苦脸；你一脸怒气，必定生成怨相；你乐观和善，当然慈眉善目。哲人道：10岁前的相貌是父母给的，30岁后的相貌，是自己修的。——表情是瞬间的相貌，相貌是凝固了的表情。从今天开始，每天快乐地微笑吧，世上除了生死，都是小事，做快乐、美丽的自己。"

写到这里，我感到特别轻松，快乐的感觉也回来了，还是那句话，快乐的人在哪里都快乐，不快乐的人在哪里都不快乐！我会用一种更适合当下的、更适合我的方式来处理自己的事情。这个周末，我要和几个好朋友出去放松一下，去寻找快乐！

谢谢妈妈，祝妈妈春节快乐！

女儿
即日

看到艾丽的信，我深有感触，觉得女儿独自在外真的很不容易，好在现在网络发达了，我能够及时了解她的思想波动情况，否则我会更加担心她的。我立即给她回了信：

亲爱的女儿：

看了你的信，我感到很欣慰，过年了，又长大了一岁，你也又成熟了许多，能够自己调整和掌控好自己的情绪了。其实，无论富贵、贫穷，身处顺境、逆境，人能否过得幸福快乐，很大程度上还是取决于人的心态。只有把心态调整好，才能够做到宠辱不惊，才能够感受到生活的乐趣。不管是国内还是国外，也不管是什么年龄阶段，大家遇到的困难都不小，关键是要以健康的心态去面对。好的心态是要靠自己去琢磨、去把握的，和别人有了矛盾要换位思考，主动交换一下意见，要是责任在自己就主动道个歉，要是对方的问题就善意地提出来，善待别人，其实就是善待自己。人的一生不可能一帆风顺，你这么年轻就能处理好很多事情，和以前相比已经非常好了，继续努力，你会更加快乐！

在网上看到了一篇"30岁去留学的博客"，建议你看一下，对你或许会有启发。

妈妈

即日

留学全滋味

生日礼物

　　2013 年 4 月，又到了艾丽的生日。艾丽和同学们相处得很好，他们中不管谁过生日，都会一起出去吃顿饭。大家准备的生日礼物也很实用，有衣服，有旅行箱，有零食、水果。他们虽然去的是最普通的餐馆，但是大家都很期盼这样的聚餐，留学生活的寂寞和孤独让他们不放过任何互相交流的机会。艾丽的同学们提前好多天就给她准备了生日礼物，生日聚会定在一个意大利餐厅，环境优雅、价格便宜，艾丽度过了一个非常快乐的生日。

　　我还是给艾丽写了"生日寄语"，祝贺她的生日。

生日寄语

亲爱的女儿：

　　记得你去年过生日的时候，我的心情很不平静，于是给你写了一封信。时间过得真快，今年的生日又到了，我更加想念你。其实，你的每一个生日不仅是你个人最重要、最有意义的日子，对于我们的家庭来说，也是最重要、最有意义的，因为你对于我们全家来说是很重要的人物。记得在你小时候，爸爸妈妈偶尔吵架时你会哭，后来长大一些，我们再吵架时你就懒得理了，有时你会分别和我们谈话，教育一番，那一刻，似乎我们生养你就是为了给我们拉架的。你出国以后我们很少吵架了，可能潜意识里觉得你不在家，我们闹大了也没人管，闹僵了也不好收场吧。

我曾经跟你说过，自从你出国后，我把我们之间交流的短信和QQ聊天记录都保存了下来，并按照日期顺序存放在文件夹里，照片和语音也保存了。每次重温那些生动的内容，我会哭、我会笑、我会有太多的感慨，浏览聊天记录已经成为我生活的一部分。

在你出国一年多的日子里，你的各方面都发生了很大的变化，在我看来，你变得坚强，变得更加努力、更加聪明、更加美丽、更能够理解长辈，总之，你正在逐渐地成长、成熟起来。

在生日即将来临之际，我想通过几段短信、我们的聊天记录和我的感悟（以下黑体字段），共同切磋几个问题，这或许对你今后的生活和我们下一步的沟通有一些帮助。

一、关于交往问题

2011.9.4

艾丽 11:02:42

我就要找那种，他离不了我，我也离不了他的那种。

艾丽 11:04:39

我暂时不谈恋爱就是这个原因。

艾丽 11:04:48

谁都可以谈的人我不稀罕。

妈妈 11:06:11

你这么天真，能找到吗？

艾丽 11:08:06

再说吧。

2013.3.18

艾丽 11:21:13

那天跟我姥姥视频，我说我第一次出国之前那个暑假也不大回去陪她，反倒经常出去跟同学玩，现在觉得很后悔。

妈妈 11:21:59

所以我说你逐渐长大了。

2013.4.15

艾丽 11:40:10

我舍友给我找药呢。

妈妈 11:40:42

舍友挺好的。

艾丽 11:42:49

就是挺好的。

妈妈 11:43:58

离家这么远，互相有个照应最好了。

艾丽 11:44:54

对啊！

妈妈的感悟：珍惜友情，有时甚至委曲求全，但在现实中逐渐明白友情甚至爱情都是有条件的。现在你已经学会了如何与不同性格的人沟通！

二、关于日常生活

2013.3.1

艾丽 11:22:46

我现在觉得越来越感激你和我爸了。

艾丽 11:23:06

特别是来美国自己打理日常生活之后。

艾丽 11：23：17

井井有条不是一朝一夕能练出来的。

艾丽 11：25：14

尤其是女生。

艾丽 11：25：53

虽然宣称社会平等了，但是一个女人如果不仅其他方面都很优秀，而且在家庭生活、家务料理方面也很好，那就是锦上添花了。

艾丽 11：36：26

家就应该干干净净的，这样才能觉得舒适。

妈妈的同感：女孩子干净利索是很大的优点。

三、关于学习问题

2011.9.16

艾丽 7：34：32

我去图书馆了，我在图书馆不上QQ的，否则一聊天就荒废时间了。

妈妈 13：56：46

作业的事情解决得太好了！

艾丽 13：57：50

是啊，我学习上没啥大问题。

艾丽 13：58：00

我觉得现在挺适应了。

2013.3.13

艾丽 14：11：14

最搞笑的就是那周考试，我想和那个学习特别好的女生坐在一起，但她说她得和别人坐在一起。

艾丽 14：11：25

然后考试成绩出来，我考了85，她考了73。

2013.3.22

艾丽 11:14:54

我考了93。

艾丽 11:14:59

上周的会计。

妈妈 11:15:24

很好啊!

妈妈 11:16:02

你其实挺有能力学好的,原来就是懒。

妈妈 11:16:23

再就是可能学习方法的问题。

妈妈的结论:在刚到美国的一个月时间里,就基本适应了国外的学习,你真的很棒啊!后来的学习成绩有反复,一方面是因为专业课比较难,再就是学习方法有待于改进。只要用功,就会取得好成绩的。

四、和我们的关系

2011.8.15　在首都机场　短信

其实特别舍不得你们,本来还想和你们拥抱一下呢……明年回来还你们一个破茧成蝶的新宝贝!把你们对我的担心转化成期待吧!

2012 年父亲节,给爸爸的短信

节日快乐!因为周围有如此多没有父亲的同学,对我来说,有爸爸的每一天都是过节!咱俩都是不大会表达感情的人,我就来点实际的吧:希望你身体健康,工作顺利,最重要的是以后脾气别这么大了,这一点我也得改。最后祝你和妈妈白头偕老,你多关心下她,女人嘛相对要脆弱。我一定会在自己的事情上努力,如果我松懈了,你们要提示我,啊哈哈!别太感动哦～

2013.2.14

艾丽 10:48:18

情人节快乐啊!

妈妈 10:48:48

奥，谢谢，今天是情人节。

艾丽 10:49:33

对，我是你的小情人。

艾丽 10:50:10

虽然我也不好，不聪明，不努力，还挺懒，但我是永远不会离开你的小情人，祝妈妈情人节快乐啊！

妈妈 10:50:50

非常感谢，都说女儿是爸爸的前世情人，是妈妈的小棉袄。今天小嘴挺甜的。

妈妈 10:51:27

总之孩子是父母最重要的人。

2013.3.18

艾丽 14:38:20

我刚才跟你发完脾气就特别愧疚，干什么都干不下去。

妈妈 14:39:37

跟妈妈发脾气是撒娇，至于和别的什么人发脾气，那就没有这么幸运了。

妈妈的感受：有时和妈妈闹别扭，但绝大部分时间我们是无话不谈的好朋友，非常享受和你的这种关系。

五、关于宗教信仰

2011.9.22

艾丽 12:35:09

晚上跟一个女生交流了很多，她是天主教徒，青岛人。她住在教会，带我去了教堂，那里面就我俩。听着她跟上帝交流，我也感觉平静了很多。

2013.3.20

妈妈 14:41:11

昨晚给你爸说了基督教的事情。

妈妈 14:42:47

他也是建议你不要涉及政治上的问题，免得出现不必要的麻烦。

妈妈 14:46:41

国内大学生是不允许参加宗教组织的。

2013.4.16

艾丽 11:26:22

那天去教会，感受颇深。

妈妈的愿望：以前你对宗教不了解，记得你在国内时有同学信教，我们还讨论过，出国之后你逐渐接受了这些多元的文化，相信你能够汲取到更多的精神营养。

六、将来的去向问题

2011.8.15

艾丽 21:56:53

我在西雅图机场，放心，找到同行的人了。

艾丽 22:45:53

电脑直接无线上网，太爽了！！一路上遇到的人都特好，还请吃东西。

艾丽 22:45:57

基本都是我这么大的孩子。

艾丽 22:53:30

不过这里的东西真难吃，但飞机上的东西还可以，基本都是半西不中的。

2011.9.9

艾丽 10:24:02

我给你传点照片，这边秋天太美了。

艾丽 10：24：22

我从没见过这么美的天空，跟个傻子似的对着天空照相，哈哈，老外都奇怪。

妈妈 10：30：10

是的，你自己离家远，我有时特别想你，但想到你在那吃的东西是纯天然，呼吸的每一口空气都是绿色的，我就感到了些许的欣慰。

艾丽 10：30：44

确实是，我做饭基本不洗菜，冲冲就行。

2012.3.26

妈妈 9：52：58

其实想留在国外并不是什么错，况且美国是世界上最先进的国家。

艾丽 9：54：08

这都是硬条件。

艾丽 9：54：16

但你别忘了，我们是人，不是动物。

艾丽 9：54：26

归根结底在国内有亲情、友情。

妈妈的想法：出国前你就认为国外好，出国后很快适应了那里的生活，一心想留在那里，一段时间后又有所反复，这都是正常的。你长大了，自主地安排自己的生活，将来才不会后悔。

内容较多，不知你有没有耐心看完，或许我的观点和建议你不赞同，那也没关系，权当是一次思想交流，愿我们在交流中产生共鸣。

由于妈妈的水平有限，这篇文章作为生日礼物发给你，不知你能否满意。

Happy birthday！

妈妈

即日

艾丽看了我给她的信非常感动，认为这封信的价值远远胜过以往任何用金钱购买的生日礼物，同时她也觉得很惭愧，因为她没有给我准备什么礼物。但我觉得，艾丽每天安全、快乐、充实，如期完成学业，将来能够自食其力地生活，就是给我的最好礼物。

27

计划打工

2013 年 5 月份的一天，我和艾丽的爸爸一起散步，他突然指着马路对面的一个女孩跟我说："你看那姑娘，像不像咱家女儿啊？她刚才还和我对视了几秒钟，太像了，我还以为是艾丽回来了！"我赶紧看了看："并不是太像嘛，你是想孩子了。"他没再说什么，我顿时感到心里酸酸的。是啊，艾丽这次离开家已经八个多月了，她的学校 5 月份就放暑假，我们都非常想念她，盼望她暑假回国和家人团聚。

可是，早在 2013 年 1 月份，艾丽就表示暑假想去洛杉矶或者纽约打工，积累一些工作经验，而且她想用打工的钱买辆二手车或者是支付下半年的生活费。我开始不太同意，因为艾丽没有在校内打过工，没有经验，直接去外面打工肯定会不适应，而且人生地不熟，安全也是个问题。再就是万一去了以后找不到工作，还耽误了时间。我建议她联系好了工作以后再去，或者是在学校附近的城市找打工的地方，万一找不到的话，能很方便地回到学校。但是艾丽坚持去大城市，说那里的工作机会更多，联系好了接着试用，找到工作的可能性才会大一些，要是在网上或者电话联系，本人不在当地，成功的几率很小。见她决心已定，我们也只能同意。

艾丽的一个女同学名叫茜茜，她的一位远房叔叔在纽约工作，茜茜寒假时去叔叔家住过几天，对纽约的情况有所了解，暑假她不想再住叔叔家添麻烦，计划在纽约打工挣钱养活自己。艾丽也去过一次纽约，俩人一拍即合，于是决定暑假一起去纽约打工。她们很早就着手做准备：首先要预定住的地方，她们联系过全球连锁的国际青年旅社、沙发客等连锁店，并通过官网查询相关情况，但这些旅店的位置和价格等都不太合适，最后她们在网上联系到了一个旅馆，打算去了以后先在旅馆安顿下来，等找到工作再搬到离工作地点较近的地方去住；她们在网上查阅招聘信息，了解用工市场，投递简历，并在 3 月初预定了去纽约的往返机票，由于定得早，也不是节假日，只花了 206 美元，比艾丽第一次去纽约少花了一半的钱。

艾丽她们做好了各项准备，信心满满的只等假期的到来，去纽约大干一场。艾丽急于出去打工，根本的原因是想早些尝试自食其力的生活，减轻家里的负担。我很理解她，自从艾丽出国留学以来，我一直关注留学生找工作的事情，我还在网上看到了一篇《美联储出台新一轮刺激政策以提振经济》的文章，这无疑是个利好的消息。在美国，在校留学生不允许在校外打工，只能在学校内部申请校内打工，艾丽从一入学就递交了校内打工的申请，但是僧多粥少，只有很少部分留学生能够申请到，艾丽一直都没有等到合适的工作岗位。想在社会上找到正式工作，需要有美国公民身份、绿卡身份、工作许可（俗称工卡 SSN）或者具有别人无法替代的特殊技能。如果是在比较大的城市，可以去当地的唐人街（美国的大城市基本都有唐人街）华人职业介绍所联系工作，洛杉矶、纽约、芝加哥等城市的华人职业介绍所一般收费是 40 ～ 60 美元。除了华人职业介绍所，还可以在华人报纸上搜集招工信息，可以直接给老板打电话，这样还能节省一笔介绍费。美国华人主要看《世界日报》，这是在美国华人圈子里影响力最大的报纸。《世界日报》还有电子扫描版，如果你所在的城市买不到《世界日报》，可以在网上找到电子版查阅。此外还可以上网联系工作，有些华人网站提供招工信息，但是数量不多。我不能给艾丽泼冷水，只是提醒她注意安全，和家里保持联系，能找到工作最好，但是一定要做好找不到合适工作的心理准备，万一找不到就回学校或者回国。

　　去纽约的行程日渐临近，我很担心艾丽的身体，她在 4 月中旬患过一次重感冒，虽然没发烧，但是嗓子疼得厉害，全身难受，当时吃了从国内带去的感冒药但不太管用，仍然打喷嚏、咳嗽，晚上只能睡三四个小时。艾丽去学校医院看了医生，说是有些过敏，花 17 美元买了一种抗过敏药，24 小时之内只能吃一次，吃上药 2 ～ 3 个小时开始生效，却只管用 5 ～ 7 个小时，其他时间仍然是打喷嚏、咳嗽，而且还掉头发。我建议艾丽再去校医院看一下，艾丽担心再花了钱不管用，就让同学开车带她去药店，买了一小瓶糖浆，花了 12 美元，但是这糖浆对她的咳嗽不起任何作用，就这样反反复复的近 20 天了，艾丽的体重减轻了五六斤。她担心自己得上什么更严重的疾病，或者是那种所谓的"水土不服"，有些留学生去美国的第一年身体没有什么不适，从第二年开始才会有水土不服的现象，有的表现为过敏，还有人上吐下泻，个体反应不一样。我跟艾丽说，必须再去医院看看医生，要是再不好的话，放了假就直接回国，不要再去打工了。艾丽在 5 月 8 日那天又去了一次医院，医生给她开了一种处方药，吃上药以后病情很快有了好转。我建议她动身去纽约之前再去看一次医生，但是艾丽实在抽不出时间，于是她把剩下的药全部带上。我要求她如果去了纽约吃完这些药还没好利索，或者是再有反复，就立即回国。

　　我的心里忐忑不安，不知道这会是一个怎样的假期。

初到纽约

　　艾丽的学校放假之后，艾丽和茜茜忙完学校的事情，于 2013 年 5 月 12 日，乘坐从圣路易斯起飞的航班，经过近 2 个小时的飞行，顺利抵达有"Big Apple"之称的纽约。这是艾丽第二次来纽约，与上次来旅游时的心态完全不一样。她们从机场出来后，要先去在网上定好的旅馆安顿下来。这个旅馆位于纽约皇后区的法拉盛，是纽约最大的华人区所在地。艾丽和茜茜一路奔波，终于到达了目的地———个早年移民美国的华人开设的私人家庭旅馆，全部房间经过改建，里面被分出了很多隔间。艾丽她们登记入住后已经接近凌晨一点，小心翼翼地走上吱吱嘎嘎的楼梯，她们的"两人套房"位于走廊的拐角处。打开房门的一瞬间，艾丽和茜茜大失所望，所谓的"两人套房"只是一个不足 7 平方米的小隔间，靠墙两边各有一个特别小的单人床，一个小床头柜，一把椅子，两个床之间的走道只有不到一人宽，就是这样一个房间，一天的租金高达 60 美元！她们决定第二天就找房子搬出来，但是一连几天她们根本找不到"物美价廉"的房子，一般情况下，房东不会租给只住三个月的房客，除非你能出得起高出几倍的房租。

由于艾丽她们的学校比纽约当地的大学放假时间提前了半个多月，于是她们决定转变策略，抓住这个有利时机，一边找工作一边找房子，毕竟有了工作就会有收入，就可以扩大房源目标。她们约见了一个几年前移民来美国的女孩，是茜茜的朋友，这女孩和她们的年龄差不多大，在纽约当地工作，她给艾丽她们详细介绍了在美国打工者可能找到的各类工作：

在美国打工的华人主要的工作是餐馆服务员、按摩技师、装修搬家工人、美甲师、保姆等，如果工作地点在华人区的话，就和大陆一样了，可以找些华人店铺里的工作。

在华人区的餐馆工作，基本都是自己解决住的问题，可以住华人家庭旅馆，每天10美元左右（很多人住一间，住宿条件很差），包月的话240～260美元，免费供米面油盐、厨具、水、煤气、电、无线上网、洗浴、铺盖等，自己动手做饭；如果是在非华人区的餐馆工作，老板提供免费吃住、铺盖、无线上网、洗浴、上下班接送等，也就是说除了自己要买洗漱用品、零食外，基本没有其他花销，餐馆的工资为1600～3000美元／月。

在华人区做按摩技师，要自己解决吃住；在非华人区，吃住部分参照家庭旅馆的收费方式，就是每天10美元左右，免费水电煤气，上下班接送，其他的要自己买，工作的工资跟老板五五或四六分成，小费全归自己。按摩的工作2000～3000美元／月，好一点的店会超过3000美元／月，但是这样的店现在不多。学习按摩大概需要1至2个月的时间，可以边干边学。

装修和搬家工人一般都是在华人区工作，服务对象有中国人也有美国人，自己解决吃住，如果被老板带去非华人区工作，老板解决吃住问题。装修搬家的工作一般是夏季较多，有时每天能赚100美元左右。装修的工作要分大工小工，大工技术好、会看图纸的话，每天有120～160美元的收入，新手小工只有60美元。

美甲工作，在华人区，自己解决吃住问题；在非华人区，有的老板包住，有的老板不包，吃饭都是自己解决。工资是每月 2000～3500 美元，学习美甲技术一般需要 2～3 个月。

住家保姆，一般雇主管吃住，每月工资 1800～3000 美元，接近 3000 美元月薪的保姆工作很少，一般就是 2000 美元多点。不住家的保姆要自己解决吃住和上下班的交通问题。

其他在华人区店铺的工作，自己解决吃住，工资在 2000 美元左右。

艾丽和茜茜了解到这些情况，感到很失望，而且她俩都没有工卡(SSN)，只能"打黑工"，一旦被抓住，严重时会被遣送回国。我了解到这个情况后非常焦急，让艾丽马上回国，但是她们不肯放弃自己的计划，坚持要把这次"生存体验"进行到底。她们了解到，在美国很多留学生都会打黑工，企业的老板会借机少报一些税金（正式员工越多，上缴的税金就越多），可以说老板也希望能够招到一些"黑工"，留学生没有 SSN，但是还想挣钱，那么只有打黑工，这样老板支付的工资低、不用上税，所以美国的黑工市场一直存在。留学生无论是体力、耐力和恒心，都拼不过当地那些长期打工者，他们一旦得到机会就会拼命工作，毕竟这是他们唯一的生活费来源，而学生多数人打工只是为了体验社会，顺便挣个零用钱，实在累了就会辞职。

艾丽和茜茜觉得在餐馆打工比较符合她们的实际情况。她们每天搜集报纸上的招聘信息，常常是打十几个电话询问才会有一次试工的机会，有时忙起来顾不上吃饭、喝水。有一次，一家餐馆的经理同意艾丽去试工，艾丽为此准备了好几天，却在试工的当天早上接到了经理的电话，说是已经招到合适的人了。几天下来，艾丽和茜茜感到身心俱疲，艾丽前期快好了的咳嗽又加重了。渐渐地，她们摸索出来一定的规律，有效的工作信息越来越多，她们仔细筛选适合自己的工作，并首先挑选位于曼哈顿的餐馆，因为曼哈顿是富人区，相对来讲，工资收入和工作环境要好一些，只是距离她们居住的皇后区路程太远，如果她们两个人都能找到在曼哈顿的工作，就考虑搬到距离工作地点近一些的房子住。

就这样，两个姑娘在世界最繁华的城市里，没有时间欣赏这里的摩天大楼、美丽街景，也没有精力光顾市中心的百货店、时装屋，更没有兴致品尝街边的美味小吃，而是克服重重困难，努力用自己的行动证明她们的生存能力。

留学全滋味

打工初体验

　　艾丽她们在找工作的过程中遇到的困难远远超出了之前的想象，但是两个人互相鼓励，互相帮助，终于在来到纽约的第十天分别找到了工作。艾丽的工作是在一个中餐馆做服务生（waitress），这是一家湖南菜馆，位于法拉盛最大的主干道（main street）旁边。从外面看，餐馆的店面并不大，但是进去以后，里面的营业面积却不小，而且常常会座无虚席，生意很是火爆。面试艾丽的是前台经理，一个福建中年男子，艾丽说他看起来是个很精明的人，而且是个"笑面虎"。艾丽试工时工作了 6 个小时，累得够呛，经理很满意，当场录用了她。服务生们的上班时间是从中午11：00 至深夜 24：00，有时甚至会拖到次日凌晨 1：00，中间只有吃饭的时候才能休息半个小时。午餐和晚餐的时间都是过了正常饭点很久之后，分别是下午 3：00 和晚上 11：00，其余的时间那个"笑面虎"常常会下达各种工作任务。服务生并不是只负责点单和上菜，还有很多杂七杂八的工作，甚至要轮流打扫厕所。艾丽最打怵的就是打扫污秽不堪的厕所，每次都会恶心得几乎呕吐出来。即使这样，艾丽仍然很珍惜这个工作机会，每天早出晚归，把份内的工作做得尽善尽美。但是天天如此，艾丽的体力渐渐支撑不住了，况且艾丽从来没有这么低三下四地伺候过别人，她的身体和心理都承受着很大的压力。有一天夜里，她下班回到旅馆已经接近凌晨3点，浑身累得像散了架，正好遇见隔壁的一位伯伯，关切地问她为什么下班这么晚，艾丽在那一刻突然想起了爸爸，竟一下子委屈地哭起来。有一次，一个服务生递错了菜单，却硬说是艾丽递错的，害得艾丽挨了老板一通指责。还有一次，领班发给她的小费里面竟有一张假币……这一切，都是艾丽以前从未遇到过的，但是艾丽勇敢地坚持了下来。

茜茜的工作是在曼哈顿一个日式料理店当服务员，每天只工作四五个小时，工资不高，她的工作地点离住处很远，来回路上就要3个多小时，还要花5美元的路费。为了充分利用时间，茜茜后来也在艾丽的这个餐馆做了服务生，一周只干三天，只是她们两人在别人面前装作互不相识，以避免产生不必要的麻烦。

曼哈顿在纽约5个行政区当中人口最为稠密，也是纽约面积最小的一个行政区。曼哈顿主要由一个岛组成，并被东河、哈得孙河以及哈莱姆河包围。曼哈顿是整个美国的经济和文化中心，是纽约市中央商务区所在地，世界上摩天大楼最集中的地区，汇集了世界500强中绝大部分公司的总部，也是联合国总部所在地。曼哈顿的华尔街是世界上最重要的金融中心，是纽约最繁华的地方，不管是在曼哈顿长期工作还是临时打工，也不管是华人还是其他国家的人，收入都会比其他地方高。工作体面，生活环境好，生活质量也高，曼哈顿更像人们想象中的美国。

位于皇后区的法拉盛，其街道简直跟中国的一模一样，艾丽走在街上见到的大都是中国人，她甚至产生了回到中国的错觉。道路两边布满了大大小小的商铺和餐馆，只要是国内有的，吃的穿的和用的，应有尽有。曼哈顿和皇后区虽然风格迥异，但它们的确都在纽约。

艾丽到其他中餐馆了解了一下，情况都差不多，几乎所有的小型中餐馆都不太正规，他们在招收新手服务生时，都是一开始开出比较低的底薪，前两周餐馆只会给新手服务生60%左右的小费，每过半个月上涨5%左右。几乎每个效益好的餐馆都会在该下班的时间"加班"，老板恨不得把一个员工当作两个人来用。艾丽工作的那个餐馆，周末客人多的时候要加班加点工作13个小时，一天下来最多能挣到130美元左右（底薪加小费），这样算下来，平均一个小时约10美元，这在美国是非常低廉的劳动力价格。

几周之后，艾丽和茜茜发现她们的老板招录人员是有一定规律的，他会定期招录新手（大城市最不缺少的就是一批批新鲜的劳动力），支付低廉的工资使用一段时间，再找茬炒掉，继而再换另一批新手服务生，周而复始。单就服务生小费这一项，餐馆就能省下一大笔开支，这是违反美国劳动法的，但是打黑工的学生们根本没有地方说理，可以说，餐馆老板对员工实施的就是残酷的剥削和压迫。

　　渐渐地，艾丽与餐馆里其他员工也熟识了，慢慢适应了这份工作。餐馆里服务生和厨师全都是中国人，有的甚至是偷渡来美国的，普遍素质偏低。员工之间拉帮结伙、互相排挤，老员工偷奸耍滑，欺上瞒下，有的还欺负新员工。艾丽在这一众人里面显得特立独行。大家也知道她和茜茜都

唐人街

是大学生，只是暑期来打工，不可能长期待下去，渐渐地，老板也似乎察觉到艾丽和茜茜是朋友关系。

大约两个星期之后的一天，在下班该发当天工资的时候，茜茜因为工资被扣得太多，跟老板发生了口角，被老板当场辞退。之后，老板和老板娘经常在艾丽面前提到茜茜，并对她冷嘲热讽，似乎在观察艾丽的反应。艾丽隐隐感到，老板不久也会找借口把她辞退的。于是，在茜茜被炒后的第四天，艾丽果断提出辞职，也替茜茜报了"一箭之仇"。

自从艾丽去纽约打工，我就没睡过一个囫囵觉。开始时是担心她找不到工作，找到工作后，我又担心工作强度大，艾丽的身体吃不消。而且她接触的人员层次较低，担心她迷失自我，荒废了学业，给她将来的成长和发展带来负面影响。每天晚上我躺在床上，想到唯一的女儿正在吃苦受累，我的心就会紧缩起来，久久不能入睡。有时我睡着了，会在凌晨二三点钟突然惊醒，这时我会赶紧拿出手机看看有没有艾丽的 QQ 留言，担心她会不会因为技术不熟练被老板训斥，累了的时候能不能休息一会，午夜下班回旅馆的路上是不是安全……对艾丽的挂念使我再也无法入眠，眼泪就会不由自主地流下来。

搬离旅馆

艾丽和茜茜前期忙于打工，找房子的事情早已被搁置一边，细细算来，她们已经在每天 60 美元的"两人套房"住了三周。艾丽辞职后，俩人商量着必须尽快找到便宜的房子搬出来。这次她们很幸运，不到三天的时间，她们便找到了一个位置好、安全、干净的住房，而且由于房东急于找房客，也不在乎她们只住不到三个月的时间。于是她们当机立断，交了一个月的押金之后便迅速搬了进去。房东是一个比艾丽她们大几岁的中国姑娘，据说几年前来到纽约，现在是个美甲工，这套两居室的房子，她自己住一个房间，另一个房间租给艾丽她们住，一个月 700 美元房租，水费、电费和网费要另交，算下来艾丽和茜茜一人一个月要交 400 美元。她们的房间里只有一张小床，艾丽和茜茜又买了一个价格便宜的气垫床，打算暑期结束后就不再带回学校了。她们又从房东那里借到一个小桌子放东西，这些就是这个小窝里所有的"家具"了。气垫床比较软，睡上去有些不舒服，于是她俩决定一人睡一周。我了解到这个情况，要给艾丽汇钱过去，买一个好点的床垫，艾丽却说她们手里有钱，但是仍然要合理规划，在预算范围内支出，这才是真正的"生存体验"。

　　住了一段时间艾丽她们才知道，房东姑娘的工作根本不是什么美甲工，而是夜总会的小姐。艾丽和茜茜震惊之余，更多的是惋惜。艾丽她们后来得知，在纽约、洛杉矶等大城市，这种人大有人在，年轻貌美（很多甚至都算不上貌美）的姑娘背井离乡来这里赚快钱。她们的家境大都不好，家人通常也不知道她们做什么工作，她们一般是偷渡或者是政治避难来到美国，迅速拿到可以工作的暂时签证。有些就直接"黑"在这里，活下去是她们的唯一目标，重要的是赚钱，至于钱是怎么赚来的并不重要。后来，在艾丽和茜茜找工作不顺利的时候，房东姑娘试图劝说她们跟她一起"工作"，遭到艾丽和茜茜的断然拒绝。

另谋生路

　　茜茜在曼哈顿的工作一直做着，搬完家以后，艾丽她们很快进入到又一次找工作的阶段，看报纸、打电话，有时她们逐个走进店家询问是否需要招聘学生。她们请求住在纽约的中国朋友帮忙介绍工作，但是这次却不如上一次幸运，面试过无数个地方，都没有找到稳定的工作。她们在奶茶店做冷饮、在化妆品店做推销、在甜品店做糕点、做餐馆收银员或者服务生等，都是临时性的工作。终于，艾丽被一个比较大的广东餐馆录用，这个餐馆的营业时间特别长，从上午十点一直到次日凌晨三点（周末会到凌晨四点）。白天来用餐的大部分是公司的白领，晚上和夜里大都是附近的居民和大学生。老板把员工分成白班和晚班，白班从上午十点工作到晚上七点，晚班是从晚上七点工作到次日凌晨三点。所有新来的服务生都必须从晚班做起，无论新手还是老手，只有做够一定时间才能被调整为白班。我坚决反对艾丽去应聘这份工作，因为工作时间完全打乱了人体生物钟节律，干一天两天还行，时间长了身体会受不了，我建议她还是找个白天上班的工作，要是找不到就先不干了。艾丽听不进我的劝告，坚持去这个餐馆打工，她每天晚上六点多就出发

125

前去餐馆，七点开始工作，到凌晨下班后再加班打扫餐厅和厕所的卫生，然后晚班的两个经理会把几个服务生送回住处。这时候差不多要凌晨四五点钟了，艾丽每天躺下睡觉都要五点半左右，睡到下午四点多起床，洗漱完以后吃点饭，再准备上班，日复一日。茜茜的工作是正常的白天上班，她们两个虽然同住一室，却只有休息日才能有机会说上话。

　　艾丽这份工作的小费跟最初那个湖南菜馆相比要少一点，但底薪稍高，艾丽一天能拿到100美元左右的工资，比白班的工资稍高一点。第二周，老板给她涨了些工资。这家餐馆的规模较大，管理水平较高，员工的素质也较高，餐馆后厨人员全部是香港和广东人。上晚班的包括艾丽总共六个人，其中两个经理和一个中年的服务员阿姨都是香港人，还有一个台湾女孩和一个福建女孩，都已经在这家餐馆工作了好几年，他们彼此之间交谈都是用粤语，艾丽是这里唯一不懂粤语的员工，他们在跟艾丽说话时会用普通话。开始时，由于语言的关系，艾丽觉得和餐馆里的其他员工有一种距离感，但是工作几天之后，艾丽感觉大家对她还是比较友好的，只有那个香港阿姨，一开始对艾丽有点严厉，后来熟悉以后她也很关心艾丽，并主动跟艾丽聊天。来餐馆吃饭的客人以广东和香港人居多，他们不是讲英文就是讲粤语，艾丽的英语交流没有问题，但是跟客人无法用粤语交流，这时就需要别的服务员来代替艾丽的工作，这样就会增加别人的工作量，也很麻烦，这时经理就会对艾丽表示不满。

　　由于长期作息时间不规律，加上超负荷的工作，艾丽身体的抵抗力下降。有一天，艾丽发烧了，但她还是坚持去上班，工作时却晕倒在了餐厅。经理吓了一跳，迅速把她送回住处休息，我借机劝说艾丽辞了职，好好调养身体，艾丽的这份工作坚持了整整一个月。

　　经过几天的休息，艾丽的身体很快痊愈了，她准备再找一份工作。但是这时已经是7月中旬，纽约当地的学校在6月份的时候就已经全部放假，找工作的学生数量迅速增加，竞争也更加激烈，直到7月底，艾丽没有再找到合适的工作。茜茜在曼哈顿的工作还是很顺利的，虽然她的工资较低，但是因为工作时间短，休息日多，感觉很轻松。艾丽在替她高兴之余，也为自己的"坐吃山空"着急，想到回学校的时间还有半个多月，而打工赚到的钱并没有想象的那样多，艾丽感到特别焦虑。我很担心她这种状况，于是写了封信开导她：

亲爱的女儿：

犹豫再三，我决定还是要和你谈谈。

早就发现你心事重重、压力大、不快乐，我很为你担心，所以决定给你写这封信。

一直以来，你把妈妈不仅当作长辈，更当作一个知心朋友，对此我表示深深地感谢，因为我知道，不是每一对母女都能像我们这样进行心灵的沟通。这不仅是一种良好的习惯，同时也是一种有效的方式。所以，今天我就以一个朋友的身份和你谈谈我的几点建议，希望能给你带来些帮助。

一、关于打工

这次来纽约打工，我知道你早就有这个想法，说实话，我开始时确实不舍得，主要是担心安全问题，但是你的主意已定，再者考虑到你迟早要独立地面对生活，能够有效地利用这个假期，接触社会，也是一个不错的主意。可是从目前你的状态来看，你并没有充分做好纽约之行的思想准备，或者说没有弄明白此行的真正目的，所以你现在必须调整心态。其实在我看来你的目的已经达到了，在一开始那么艰苦的情况下，你们两个人互相鼓励，互相帮助，勇敢地坚持了下来，并且找到了工作，这不是胜利是什么？至于现在没有工作，那是因为市场相对饱和，一开始的优势不存在了，并不是你的能力有问题。你还是你，还是那个勇敢、坚强的优秀女孩，这是毫无疑问的。出去打工并不是接触社会的唯一方式，现在暂时没有工作，这种方式行不通了，可以换一种方式，可以去逛街，和商店的服务员交谈，去纽约的大学校园走一走，看看当地的报纸，了解新闻资讯，关注中美关系，咨询美国政府对中国留学生的相关政策，打听一下会计专业在纽约的需求情况，包括学历要求、资格证书的要求等等，这些都可以去做。你可能说做这些没有收入，而打工能挣到工资，可是我认为做这些事情你得到的收获是不能用短期内的金钱来衡量的，既然找不到工作，与其整天闷闷不乐，唉声叹气的，不如换一个思路，或许得到的信息价值会更高。

二、关于交往

人是一种社会动物，和周围的人关系紧张，相处不好，自己就会郁闷，更会感到寂寞和孤独，所以要掌握好这种平衡，在现实中揣摩怎样和不同的人相处，什么事情需要自己去解决，什么事情需要别人的帮助才能解决，自己要弄清楚。在家有父母，在外"靠"朋友，这个"靠"字很有学问，和别人靠得太近，会变成一种依赖，别人会觉得你很黏人，人家就会有负担，自然会有意疏远你一些，你就会有一种被抛弃的感觉；和别人离得太远，你有事情需要人家帮忙的时候，又会觉得生分，开不了口。其实，问题不在别人那里，问题在自己这边，没有很好地把握和朋友的距离。掌握好了平衡，你的感觉就会好多了，这是个技巧，个体之间会有差异，所以每个人掌握起来也会不一样，我想，依你的能力，只要用心是会把握好的。

三、关注身边的"美"

我认为善待自己要从善待别人入手，要善于发现身边人的美，所处环境的美。其实，只要你调整好心态，发现了周围存在的美，你就会快乐起来，所以善待别人就等于善待自己。

美国的"美"可以说包罗万象，我想我们选择去美国留学，就是因为美国有其他国家所不具备的优势。纽约是美国最大的城市，你现在就在那里，你怎么可以对它的"美"视而不见？纽约的文化底蕴、政治氛围、城市建筑、大学校园，等等这一切你都能看到，都可以感受到。

中国有十几亿人口，全世界有近七十亿人口，能有机会走近这世界第一流的城市，这难道不是一种幸运吗？或许你说你现在没有在纽约站稳脚跟，这些东西不属于你，或许你又说你现在连打工的地方都没找到，哪有心情去欣赏这些景色。其实你大可不必这么想，你还年轻，只要努力奋斗，将来一定能够在美国发展下去，那么，提前欣赏一下纽约的美景又有何妨？

相信爱情友情没有错，相信女生要有贞操没有错，相信努力就会有回报更没有错，你相信的一切美好的东西都没有错，那么错在哪里呢？我认为是你的感觉出错了，美好的东西就在那里，你却看不到，你专挑丑的东西看，别人身上的优点你看不到，专挑缺点看，可是每个人都不是完人，都有优点和缺点，包括你自己，但是你的朋友、同学们仍然和你交往，因为瑕不掩瑜，他们认为你的优点比缺点多得多，所以说不要遇到点问题就全盘地否定自己，遇到点困难就退缩不前，回想一下，出国近两年了，你遇到的困难不是都没有压倒你吗？你有这个能力去应对，要知道整天郁闷就是对自己最大的惩罚，所以说，要想对得起自己，就放下包袱去开开心心地生活！

我这几天比较忙，时间有限，谈的问题不知你能否接受，但希望对你有些帮助。

预祝一切顺利！

妈妈

2013 年 7 月 30 日

接到我的信，艾丽认为我说的很有道理，经过认真思考，她终于改变思路，不再一门心思地出去找工作，而是调整心态，认真总结，并计划去纽约附近的其他地方看看，从另一个侧面认识美国社会。

新朋友、老同学

　　艾丽在打工期间结识了几位华人朋友，他们有的是早些年随家人一起来到纽约定居的，有的是独自一人在纽约打拼的。有一个和艾丽年龄差不多的男孩子，高中一毕业就来到纽约打工，能够自食其力还稍有结余，已经好几年没有回国了。但由于工作强度大，他得了病也不能很好地休息，导致病情加重，住院治疗花光了所有的积蓄，生活也陷入了窘境。还有一个新加坡的华人姑娘，随父母来到纽约已经好几年了，一家人在华人区开了一家美容店，全家的温饱虽然不是问题，但是也没有多少积蓄。这些华人区的居民，其生存状况远没有我们想象的那么好，纽约的华人区甚至是脏、乱、差的代名词。

　　有一个来自台湾的小伙子，在纽约的一所大学上学，随家人居住在皇后区。有一次在艾丽打工的餐馆用餐时结识了艾丽，之后每次来用餐都会和艾丽多聊几句，慢慢地互相熟络起来。艾丽从这家餐馆辞职后，这小伙子千方百计找到了艾丽，约艾丽出来一起逛街、吃饭，后来明确表示要追求艾丽。可艾丽觉得自己在纽约是暂时的，回到学校后两人相隔那么远，异地恋情显然是不实际的，于是艾丽没有立即回应他的表白，而是答应他先做普通朋友。这小伙子并不气馁，对艾丽穷追不舍，这些并没有改变艾丽的生存体验计划，艾丽仍然努力地打工，她说花自己挣的钱心里觉得特别踏实。后来艾丽回到学校后，俩人一直保持着普通朋友的关系。

艾丽在一个偶然的机会，得知她有一个小学时关系很好的女同学——阳阳在美国费城上学，暑期也没有回国，她们通过 QQ 顺利取得联系。阳阳从费城去纽约找到了艾丽，两个姑娘近几年的联系虽然不多，但在异国他乡久别重逢也非常高兴。当晚，俩人就挤在艾丽的床上住了一宿，说不完的知心话。茜茜看到她俩的亲热劲儿都有些"嫉妒"了。这时已经是八月初，艾丽正处于"失业"后的调整状态，茜茜也结束了打工，她们三个人一起去了距离纽约只有几个小时车程的波士顿。

波士顿是美国马萨诸塞州的首府和最大城市，也是新英格兰地区的最大城市。该市位于美国东北部大西洋沿岸，创建于 1630 年，是美国古老的城市之一。波士顿是美国革命期间一些重要事件的发生地，曾经是一个重要的航运港口和制造业中心。如今，该市是高等教育和医疗保健的中心，是全美人口受教育程度最高的城市。它的经济基础是科研、金融与技术，特别是生物工程。波士顿是一座世界性城市，被誉为"美国雅典"。在波士顿大都会区拥有超过 100 所大学，超过 25 万名大学生在此接受教育，在市区内，东北大学是一所大型的私立大学，在芬威区有一座校园。波士顿大学是世界上最大的大学之一，位于查尔斯河畔的联邦大道。惠洛克学院、西蒙斯学院、马萨诸塞药学院和温沃斯理工学院组成了芬威大学群，毗邻东北大学。该市还拥有一些音乐学校和美术学校，包括马萨诸塞美术学院、新英格兰音乐学院（美国最古老的独立音乐学校）、波士顿音乐学校、波士顿美术博物馆学校和伯克利音乐学院。波士顿主要的公立大学是马萨诸塞大学波士顿分校，位于多尔切斯特的哥伦比亚角，该市的两所社区学院是洛克斯布里社区学院和邦克山社区学院。美国的几所主要大学都位于波士顿外围，对该市有重要的影响。

哈佛大学是美国最古老的高等教育机构，哈佛商学院和哈佛医学院也位于波士顿，并在波士顿的阿尔斯顿附近进行扩建。麻省理工学院（MIT）最初位于波士顿市内，很长时期内被称为"波士顿理工学院"（1865～1916），在1916年才跨过查尔斯河迁往剑桥。塔夫茨大学是仅次于哈佛大学和麻省理工学院的美国著名大学，也是25所"新常春藤"成员之一，其主校区坐落于波士顿外的梅德福（Medford）与萨莫埃尔（Somerville）交界处，距离波士顿市中心仅8英里（约12公里）。波士顿学院是市内最早的高等教育机构，也是美国最古老的耶稣会大学之一，位于栗树山，2012年该校向布莱顿（波士顿繁荣兴旺的地区）扩展。而位于沃尔瑟姆镇的布兰迪斯大学则是一所全新型的私立综合性大学，学术和校园气氛活跃，虽然仅有60多年的建校历史，但却早已声名卓著，与前四所名校并称"波士顿五大名校"。

与纽约市中心的车水马龙和高楼林立相比，波士顿是另一番景象，优美的自然环境，古老的建筑，安静的校园，处处体现出波士顿是一个文化底蕴很深的城市。艾丽她们参观了哈佛大学、麻省理工学院等世界知名学府，重温久违了的校园气息，仿佛头脑和身体都得到了净化，异常轻松。艾丽跟我说："在哈佛大学旁边的查理斯河畔，我和朋友们坐在草坪上，看着河道边不时经过的慢跑的学生，聊起这几个月的打工生活，心中充满了感慨。作为花销不菲的留学生，我们在美国的社会最底层跌打滚爬，在餐馆给别人端盘子，扫厕所，什么样的人、什么样的脸都见识过。我们最难过的并不是在纽约找不到工作，而是在好不容易找到工作之后，发现读了这么多年书，却根本派不上用场，而只能通过繁重的体力劳动赚钱养活自己。我们虽然赚的钱不多，基本都用来交房租和吃饭了，但是我们得到的是宝贵的人生经历。毕业之后，我们会真正地进入社会，面对渺茫的未知人生，我会更加坚强，不会被任何困难压倒。我还想到一句话：在人之上要把别人当人，在人之下要把自己当人。任何时候都要宽容待人，善待自己，自尊自爱，笑对生活，充满自信，永不言败！这是我对近三个月纽约打工生活的切身感悟。"

纽约的蜡像馆 1

纽约的蜡像馆 2

迎难而上

2013 年 8 月 14 日，艾丽她们的生存体验大功告成，她们乘坐航班离开纽约飞往圣路易斯。回到学校后，艾丽深切地体会到，在美国，学历层次低的人根本不可能找到稳定的工作，只能一辈子打工、出苦力。开学后，艾丽的学习任务更重了，她对自己的学习也抓得更紧了，经常勉励自己，一定要倍加珍惜在学校的学习机会，学好生存的本领。

中国学生的动手能力和语言表达能力普遍较弱，艾丽也不例外，她有意识地加强自己这些方面的锻炼，特意在第三学期选修了陶艺课。虽然这门课很累、也很难，艾丽努力克服自己的不足，加强训练，最后取得了较好的成绩。

艾丽从 4 岁起就开始学习英语，那时倒不是因为将来要送她出国留学，我们还没有考虑那么长远，而是因为艾丽长到三四岁时，有些字还是咬不清楚，把"饼干"说成"饼单"，"高个子"说成"刀德子"，"高跟儿鞋"说成"刀德而鞋"。我们很着急，担心她将来会是个"大舌头"，为此还领她去看过医生。后来有人建议让她学习外语，尤其是俄语，卷舌音较多，

艾丽的陶艺课作品——一只拖鞋　　　　同学的作品

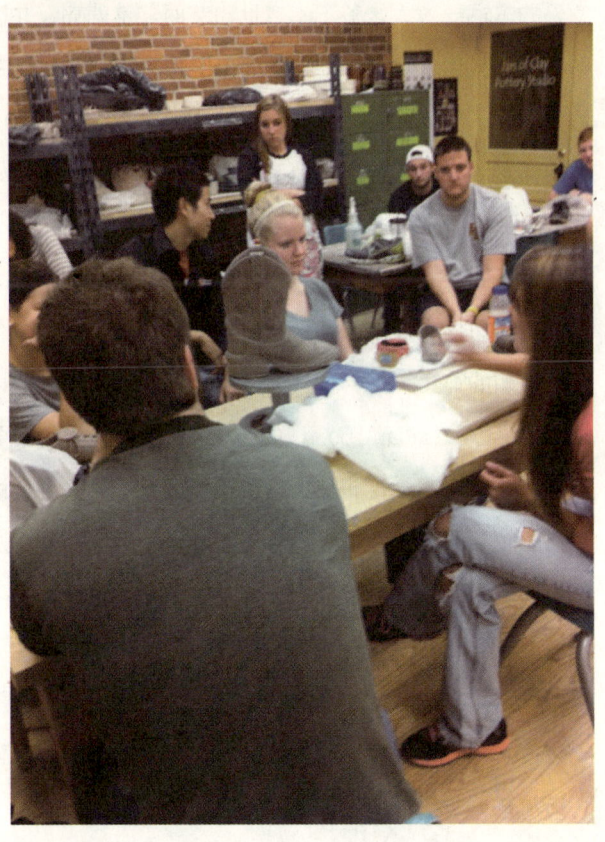

陶艺课堂

锻炼舌头的灵活性。但当时根本没有教俄语的少儿培训班，于是就给她报了英语班，开始学习简单的英语日常用语。艾丽上学以后的英语成绩一直很好，我们也不知道和她从小学习英语是否有关系，至少一直以来，对艾丽来说学习英语不是负担，而是兴趣使然。

为了练习口语，艾丽还特意选修了演讲课，在 次演讲中，艾丽讲述了她太姥爷的故事：太姥爷出生于1916年，从小接受私塾教育，学习成绩优异，并且志向远大，24岁时，他舍小家、保大家，毅然弃文从戎，投入到轰轰烈烈的抗日救亡运动中。太姥爷虽然历经磨难、九死一生，但是他的身体一直很健康，90多岁高龄时还生活自理、精神矍铄。艾丽和太姥爷的感情很深，太姥爷在世时，她经常去太姥爷家里玩，聊学习、谈理想，太姥爷对艾丽的谆谆教诲使她受益匪浅。然而，2007年10月的一天，一场意外的车祸导致太姥爷不幸离世，艾丽非常悲痛。在国内时，每逢清明节和祭日，我们都会去扫墓，艾丽出国后，她请求我们在扫墓的时候替她表达哀思。这次的演讲，艾丽准备充分、发音准确，演讲过程充满了对太姥爷的怀念、崇拜和感激之情，有美国同学很激动地对她说：你讲得很好，我们深受感动，你一定下了很大的功夫。

在日常生活中，艾丽和其他国家的留学生也建立了深厚的友谊，这对她英语口语的提高帮助很大。有一次在参加当地学生组织的party上，因为艾丽的口语很好，和外国人交流起来基本无障碍，外国学生以为艾丽是ABC（American born Chinese 在美国出生的中国人）。很多中国留学生不是口语不好，而是不愿意和外国人交流，讲英语没有底气。艾丽的性格比较开朗，快人快语，自信大方，外国人很欣赏这些。艾丽还喜欢看美国的电视剧，她推荐给我一部叫做《绝望主妇》的美国电视剧，剧情充分展示了美国社会的家庭伦理观，而且每集的结尾都有一个对女人的忠告，发人深省。渐渐地，艾丽的英语听力和口语更加熟练，甚至能听得懂一些美国人的俚语，这对于她的日常交流很有帮助。有的中国学生和外国人交流的时候，不能正确地理解意思，难免会产生一些误会。有一次，

留学全滋味

艾丽和几个中国女生一起参加party，有个美国男生问一个中国女生能跟她做"friends with benefits"吗？中国女生只听懂了friends，就马上表示"可以"，其实那个意思翻译过来就是"炮友"，艾丽听了真替那女生着急。还有一次，艾丽和几个中国学生一起去餐馆吃饭，坐下以后发现桌子有些脏，于是要求换个位置，服务员说没有这么大的桌子了，

艾丽他们表示那就不用换了，把这个桌子打扫干净就可以了。那个服务员就问了一句："So you guys don't wanna switch right？"意思就是："你们就不想换了是吧？"这个时候应该回答"No"，因为英语中回答反问的句式是要和事实一致的，但是一个中国学生却抢先回答"Yes"，那个服务员当时就愣在那儿了。于是服务员又问："So you guys wanna switch a table？"这次有人说"No"，有人说"Yes"，那个服务员更加不知所措，艾丽赶紧向服务员解释清楚。其实这个问题在国内初中英语中就有涉及，但是实际生活中很多人还是不能熟练地运用。后来，艾丽在和中国学生一起出去遇见外国人时，只要有足够的把握，她就抢着和外国人说话，以免产生误会，造成麻烦。虽然艾丽的口语经常得到外国同学的称赞，但是她自己说，那只是和其他中国留学生相比起来稍好一些，和当地人相比差距还是非常大的。

　　艾丽的专业课程具有一定的难度，她对学习一向抓得很紧，有时一天只能睡4个多小时。假期时，艾丽还会修网课，4个月的课程内容要在1个月之内完成，这都需要很强的自主学习能力。老师对同学们的要求很严格，

平时的作业特别多，也特别难。有一次考试的时候，艾丽的一个大题的各个步骤都做得正确，只是在最后一步的得数写错了，老师毫不留情地扣掉了整道题的分数，这对最后期末总成绩会有很大的影响，艾丽非常自责。学习上遇到的一系列困难，让艾丽觉得很无助，有时遇到问题想找人问一下，可大家的学习任务都很紧，不愿意把时间花在帮助别人身上，解答起来显得很不耐烦。有一次，艾丽和一个高年级的同学约好了，有个问题想请教她，可对方借故临时取消了约定。后来艾丽改变了策略，有了问题就直接找这门课的tutor，就是助教，只是助教很忙，不是想找就能找到，有时还需要提前预约。

当时艾丽决定出国留学的时候，我们共同探讨了专业的选择问题，也征求了留学老师的意见，综合考虑她本人的情况和将来的工作方向，最终选择了会计专业。后来才知道，北美的会计制度是世界上最复杂的，专业知识要求很高。艾丽所在的哈里森商学院要迎接行业考核，商科的所有课程都加大了难度，有些内容是别的学校研究生阶段才涉及的知识。老师对学生的要求也特别严格，每到考试之前，艾丽都会连续几天熬夜复习，力争取得最好的成绩。有一门专业课的学习小组是七个人，因为课程太难，其中的三个人把这门课drop了（就是不再修这门课了），但是做作业的时候，小组的其他四个人要做完所有七个人的功课，才能拿到这个作业的成绩分，否则作业就要得零分。艾丽和她的同学们为了得到这门课的作业分，通常要熬几个通宵

才能完成作业。还有一次，艾丽的一门专业课非常难，老师的成绩单上显示艾丽没有及格，她很无奈，下学期开学后，艾丽只能重修这门课。过了一段时间，艾丽在

学校的教务系统中查询别的科目时，发现上学期那门课程显示已经合格了，只是成绩较低，只达到 C 级，可这时重修这门课的学费已经交上了，并且超过了退费的时限。显然，这是学校老师的工作失误，艾丽想找学校讨个说法，但考虑到以后还会选到这个老师的课程，担心得罪了老师会对自己不利，再者，那门课的成绩也确实太低了，权当是重修一遍提高一下 GPA（平均成绩点数，GPA 的高低影响奖学金申请）。于是艾丽决定将错就错，认真修完这门课程，最后这门课的期末考试取得了 B 级。其实，有很多中国学生为了提高 GPA 的分数，以便顺利找到工作或者能够申请到较好学校的研究生入学资格，会对已经及格但分数不高的课程重修，俗称"刷分"，实际上这次艾丽就是无意当中进行了"刷分"。

有一段时间，艾丽的学习任务太重了，她感觉很累，开始怀疑自己的学习能力，并萌生了转换专业的念头，她听说商科的金融专业没有会计专业那么多繁琐的计算内容，于是向指导老师提出申请转换专业。在美国的大学里，同一个学院的各个专业是比较容易互相转换的，只要指导老师同意，学习的课程内容符合转换专业的要求，填好表格交上去就可以了。艾丽就这样转换成了金融专业。我得知这个情况后，觉得她这个决定太草率了，毕竟已经学习了这么长时间的会计专业课程，换成金融专业难免会出现新的困难。考虑再三，我还是给艾丽写了封信，详细谈了我们的意见：

艾丽：

今天和你爸爸反复讨论了你的专业问题，我们认为金融专业也不轻松，只不过各个专业的难点不一样而已。

学习哪个专业的问题最终还是要由你自己来做决定，因为你将来的工作和生活都必须你自己去面对，父母和其他任何人都不可能代替你，而且不管你将来做什么工作都要付出努力，只有踏踏实实地工作才有可能在社会上生存，才能自食其力，才会过上有尊严的生活。我们做父母的会在力所能及的范围内给你最大的支持，我想这些事情你已经很清楚，无须赘述。

根据你那里的现实情况，给你提出以下建议：

不管国内还是国外，越是技术含量高的职业，社会地位也越高，收入也更高，同时，技术含量高的职业也需要具备较高的专业知识水平。会计和金融这两个专业都很好，难度也都差不多，将来的就业方向都很广，但是对于你来说，已经学习了这么多会计专业的课程，掌握了一定的基础知识和专业知识，这个时候转成金融专业，你要重新适应金融专业的特点，从头摸索学习上的规律和技巧，这就会增加学习的难度，拿到学位所需的时间可能会更长。

如果你已经尽了最大努力，确实掌握不了这些难度大的专业知识，那也不要勉强自己。仅仅是要维系所谓的"面子"，而强迫自己去做很为难的事情，会很吃力，效果也不好。我们可以退而求其次，退一步海阔天空，人不可能活在"面子"里，适合自己的才是最好的，通过亲身体验，确定是一条自己走不通的路，我们就要适时调整，选择一个相对容易的专业也不是不可以。

你是一个有理想、有追求的女孩，出国留学一直是你的心愿，我们也希望你能顺利实现这个愿望，圆满完成学业，为将来的工作打下坚实的基础。相信我们现在遇到的困难是暂时的，我们会共同面对，我们坚信你有能力实现既定的目标。你已经在美国生活了一年多，对当地的情况也了解一些，国内、国外哪里更适合你，你将来的职业规划和生活方向是怎样的，应该有一个较清醒的认识。如果这些问题还不清晰，说明你还没有认真地考虑，我们建议你近期好好考虑这些问题，考虑清楚了，或许你正在纠结的专业问题也会迎刃而解，自身也会逐步地成熟、成长起来了。

以上是我们的建议，希望你能认真思考后再做决定。

妈妈

即日

留学全滋味

果然，艾丽在和金融专业的老师沟通以后，发现她学习的金融专业的课程太少，这样很可能会推迟毕业时间。艾丽进一步和就业指导老师交谈后，对专业和就业的关系也有了更全面的了解。经过慎重考虑，艾丽决定还是继续学习会计专业，于是她又另填了一份表格，由金融专业改回到会计专业，而且她准备再学一个国际商务专业，这样毕业时就能拿到两个学位证书，对将来找工作会更加有利。艾丽坚定了对学习会计专业的信念，用她的话说："我一定要和会计死磕下去，不能因为一两门专业课有难度就换专业，那样太可惜了。我一定要刻苦努力、迎难而上！"她决定采取各个击破的办法，先和任课的专业老师沟通，哪个部分掌握得不牢固就重点学习哪部分内容。由于睡眠不足，有时不能按时吃饭，艾丽在一个多月的时间里体重下降了7斤。功夫不负有心人，经过努力，艾丽的学习有了很大的进步，有一门专业课的考试也取得了85分的好成绩，她重拾起了学习的信心。而我却非常担心艾丽的身体，嘱咐她要保证自身健康，"留得青山在，不愁没柴烧"，有个好身体才有可能继续努力，实现目标！

33

迎难而上

艾丽的"处世之道"

艾丽出国以后，体会最深的是处理和不同人的关系问题。她在出国之前就听国内的朋友说，留学生在国外很容易扎堆，时间长了就会陷入帮帮派派之中，帮派之间有时还会出现矛盾。刚开始时，艾丽还不了解学校的情况，再加上学习任务重，还没有完全适应环境，根本无暇顾及这类事情。一段时间后，艾丽自己遇到了麻烦，也听说了一些身边发生的故事，她开始留意学校里的情况。经过观察，发现中国留学生确实是一个比较复杂的群体，虽然大部分学生勤奋、刻苦、诚实、上进，但是也有一部分"奇葩"学生，出国的目的五花八门，有的是为了美国的绿卡身份，有的女生是为了结交家里有钱的男朋友，有的是为了找个老外结婚，有的是想赚大钱，还有的学生在国内学习成绩不好，家里就把他送出国"混"个"洋文凭"，等等，目的不同，做出的选择也会不同。

艾丽是一个正直、善良的女孩，不会耍心眼，她相信对别人以诚相待，别人也会这样待她。大部分情况下这个逻辑是行得通的，但有时却不是这样。有些早出国的留学生欺骗新留学生，有时不同帮派之间互相诋毁、争斗，遇到这种情况，没有经验的留学生很有可能会"躺枪"。

美国大学的教育模式和国内有很大的不同，学生的自主性很强，相同专业的学生选的课程也可能不同，舍友之间大部分不同专业甚至不同年级，大家都在忙自己的学习、生活，有的同学还要做兼职的工作，同学之间交流较少，只有到周末或假期才能凑在一起放松一下。平常遇到困难，谁也指望不上，只能靠自己来解决；有时觉得孤独、寂寞，想找人聊聊天，那几乎是找不到的，或许别人正在那里忙得不可开交；身体有不舒服，不能上课，也只有舍友能顺便照顾一下；手破了、生病了还是要照常洗衣做饭；正常交往的同学如果有一天对方突然对你冷淡下来，不一定是你的问题，也没有什么好奇怪的；别人的生活、交友、金钱、信仰、恋爱等事情最好不要去打听，这属于"个人隐私"。

有一次，艾丽发现一个和她关系很好的女生，有几次去近郊游玩都没有告诉艾丽，并且回来后还在微博上晒照片，完全不顾及艾丽的感受。艾丽有些奇怪，后来开始自责，是不是自己说错了什么话、办错了什么事，把人家得罪了？不得而知。后来了解到，是她们共同认识的另一个女生买了车，一到周末就约上四五个同学出去玩，她们没约艾丽，艾丽顿时感到很失落，有种被抛弃的感觉。其实这不是件大事情，可是放在孤身在外的艾丽身上，特殊的环境使她那几天特别敏感，甚至回想起上小学的时候出现过的类似事情，心情自然糟透了，觉得自己从来都是个不受大伙喜欢的人。还有一次，一个中国的男生想追求艾丽，艾丽觉得两人并不合适，婉言拒绝了他，这个男生觉得面子上过不去，并伺机报复。有一次在路上遇到艾丽，故意把车开得飞快，来到艾丽身边时猛然急刹车，把艾丽吓了一跳，艾丽非常恼火地和他争辩起来。这些令人不快的事情还有很多。一段时间，艾丽的心情很烦躁，得知艾丽出现了这些问题，我很耐心地开导她，帮她分析当前的处境，充分肯定她的交往能力，正面理解那个女生，原谅那个粗鲁的男生，把一切不愉快统统"打个包"扔到一边去。就这样，艾丽和不同的人打交道，体验了孤独、寂寞、无助、彷徨甚至恐惧，有时这些负面情绪让她感到绝望，但是每次她都挺了过来。

　　渐渐地，艾丽学会了自我调整心态、独立应对困难。她刻苦学习、锻炼身体，尝试和不同的人交朋友，掌握了一套行之有效的"处世之道"。艾丽从小就是一个个性独立、性格开朗的人，很快就适应了中国留学生的交往模式，尽管在遇到困难的时候艾丽仍然感到焦虑，但对事情看得开了，情商也有大幅提升。相比之下，和美国当地的学生或其他国家的留学生交往起来就简单多了，她见识了不同肤色的人，真的是百人百态。法国、德国、日本等地的留学生素质普遍比韩国、印度和东南亚一带的留学生素质高，美国当地的学生很单纯，很好相处。美国的黑人看上去很粗野，其实，受教育程度低的黑人素质确实低下，受教育程度高的黑人比白人还要好。美国白人则是刚一接触时觉得好，慢慢地会发现他们是表面功夫做得好，但骨子里对中国人是歧视的。美国学生空闲的时候会到酒吧喝酒，有的学生一不留神就会喝多。日本人普遍给人的感觉是彬彬有礼，艾丽在一次偶然的机会认识了一个从小在日本长大的中国男生，是个基督教徒，中文听力很好，操一口较为熟练的日本味的中文，却一个中国字也不会写，但是他确实是中国人，并利用各种机会学习中文，很关心有关中国的事情，四川地震时，他还关切地询问艾丽中国的救援情况。一次，艾丽去观看学校里日本学生组织的"日本之夜"文艺演出，从活动组织、舞台布置、节目质量等每个环节都安排得很周密，处处体现出日本民族很强的团体意识。

　　艾丽感到，在美国的大学里社交广泛的学生比单纯学习好的学生更加让人尊重，学习知识和广交朋友是相辅相成的，社交是为了更顺利地学习，学习是为了增加社交的基本技能。学习和社交是辩证统一的，没有知识就没法和有知识的人交往，只有知识没有社交渠道又无法生存下去。中国留学生可以交一些美国当地的朋友，但是中国朋友也是必不可少的。

归心似箭

2013 年末，正值寒冬，这个冬天美国已经遭遇了多场暴风雪的袭击。感恩节前夕，艾丽说她们那里下了大雪，因为提前几天就已经接到预警，学校到时也会放假，校车也停开，所以她和舍友一起多买了些食物储存起来。果然，雪后的道路根本没法出行，她们只能"猫"在家里。

艾丽拍了些学校雪景的照片和视频发回来，美丽的校园穿上了厚厚的银装，艾丽身着大衣站在雪地上，鼻子冻得红红的，指手画脚地为拍摄的画面解说。不知从什么时候开始，每逢阴天、下雨或下雪的时候，我都会有隐隐的伤感，这次也不例外，看着视频里艾丽对我说："爸爸妈妈姥姥奶奶，我们这里下大雪了……祝你们圣诞节快乐，新年快乐……"我的眼泪突然奔涌而出，那一刻，我真想冲过去紧紧地抱住她，我猜想艾丽也一定想我们了。

2014 年 1 月 7 日，我在报纸上看到一则消息：

美国气象部门预测，来自北极的寒流将让美国部分州的气温在 5 日至 8 日降至零下 30 摄氏度左右，1.4 亿美国人将受此寒流影响。美国各地以学校停课、政府暂时关闭等措施减少民众室外活动，政府建议民众"在家里度过 2014 年的第一个周末"。从 5 日开始，美国东北部和中西部的 22 个州将陆续"有可能"体验到"历史最低气温"。其中中西部地区的最低温度可达零下 65 摄氏度。寒冷已经达到"非常危险的程度"，如果不慎裸露皮肤，5 分钟内就会被冻伤，而在寒风中行走，危险系数也很高。连续多日的暴风雪导致纽约、芝加哥、波士顿及费城数以千计的航班被迫取消，纽约肯尼迪机场一度关闭以清理积雪。《洛杉矶时报》称，波士顿和华盛顿政府还通过网络号召民众帮助无家可归者。

是的，严酷的冬天已经来到，我们的身心又将经历一次考验，不知前面有什么困难和坎坷在等着我们，但我们不会退缩、也不能退缩。我跟艾丽说："坚持，加油，不畏严寒，不怕艰难，勇往直前！冬天已经到来，春天一定不会太远！"

虽然艾丽要到 2014 年 5 月份才能放暑假，可她归心似箭，早在 2 月 28 日就定好了往返机票，这样也可以少花很多费用，但是她这次却没有找到结伴同行的同学。

由于艾丽在 2013 年的暑假没有回国，亲朋好友在得知她将要回国的消息后都兴奋不已，一方面是想念她，盼望着和她见面，另一方面是想让她带些国外的东西回来。艾丽也不好意思推辞，于是在课余时间抓紧购买了大家需要的东西：有老人的保健品、女同学的护肤品、朋友的电子产品等，塞了满满两个旅行箱。

俗话说女儿是妈妈的小棉袄，一点不假。艾丽出国以后，平常吃着好吃的会想起我，出去旅游遇到好的景色都会拍下来照片和视频发给我，逛商店的时候只要遇到我能用上的、价格合适的东西，像衣服、钱包、鞋子、护肤品、染发剂等，艾丽总会买了放在箱子里，等回国时带给我。艾丽对姥姥、奶奶的感情也特别深，这次为了给她们买到合适的保健品，她查阅了大量的资料，相关的词汇量和阅读水平也大有提高。

情人节杂谈

2014 年的情人节，艾丽是和几个没有男朋友或男朋友不在身边的女生一起度过的，大家一起吃了顿饭，交流对生活、学习、感情以及将来工作的看法。

在与异性交往方面，艾丽的思想比较保守。记得在国内时，她曾经跟我说过，她学校的个别女生和男朋友约会，时间晚了就留宿在外面，她对此完全不能接受。出国以后，艾丽见识了很多女生的恋爱，可以说，各种模式应有尽有。

艾丽有一个关系很好的女同学，在国内时就谈了男朋友，可是她的家人坚决反对，于是送她出国留学。她男朋友家里经济条件较差，不可能也出国留学，家人以为这样他们的关系自然就会结束了，可是这对恋人却一直通过网络保持联系，坚守着他们的感情。艾丽为他们的恋爱故事所感动，也期望自己能有这样纯真的爱情。

有些女留学生在两性关系方面很不严谨，有的更是利用身体做交易，并且不以为耻，反以为荣。有个中国女生谈过 5 个男朋友，都是有美国身份的，她想通过婚姻留在美国，现在的男朋友比她大八岁，有钱，美国国籍。她自己说，只有金钱能带给她安全感，爱情没有用，说白了，就是谁能给她绿卡和金钱她就和谁结婚，其他方面几乎没有要求。还有一个中国女留学生在来到美国半个月后就向资助她出国的男朋友提出了分手，并迅速结交了一个离异的30多岁美国男人，打算半年之内和他结婚，女孩在国内的父母坚决反对她的做法，闹得不可开交。另一个女生，在和同居了半年多的美国男朋友分手之后，破罐子破摔，频繁更换性伴侣，被称为"一夜情人"。这样的女生虽然是极个别的，但是在学校的口碑极差，不但中国人瞧不起她们，美国人和其他国家的留学生对她们更加鄙视。在美国，为了身份不择手段的做法风险很大，极有可能上当受骗。我对艾丽这方面比较放心，她是很重感情的人，一直以来对自己的要求都非常严格，我也常常提醒她要经得住诱惑，正确对待绿卡、身份等问题。大部分留学生对恋爱问题还是比较现实的，他们很在乎将来的发展方向，如果不想留在美国，毕业后就回国工作，在选择恋爱对象的时候就要慎重考虑，避免将来进退两难。

我们和艾丽也交流过关于男朋友的问题，我的意见是顺其自然，要是有合适的就先谈着，要是没有合适的也不要凑合。其实在美国，女生相对于男生来说，这方面的压力要小很多，女生可以和中国留学生交往，也可以和其他国家的留学生或美国当地华人、外国人交往，而中国的男留学生，一般只找中国女生做女朋友。

艾丽的性格比较外向，在学校里颇有人缘，她上次的恋爱只谈了很短的时间，后来一直没有再谈，这期间身边不乏追求者。有一个美国当地的男生对艾丽情有独钟，经常在课余时间找艾丽一起吃饭、逛街。经过一段时间的接触，艾丽逐渐感到接受不了和外国人谈恋爱，因为中美文化背景差异太大，好多事情不能互相理解。比如有一次艾丽和他谈起"孝顺"，并举例说明在中国怎样做才是"孝顺"，这男生表示无法理解；还有一次，艾丽劝说一个美国朋友要经常回到距离不太远的父母家里看望他们，或者在家住几天陪伴他们，可是美国人认为孩子成年后再住在家里就是打扰父母的生活，他们的父母生养孩子并不要求孩子对他们有什么回报，更不需要"养儿防老"，父母和成年子女的生活是相对独立的。再就是外国人有未婚同居的现象，甚至两个人的孩子都好几岁了，却没有办理结婚手续，可是一旦结了婚，他们对家庭的责任心很强，不会轻易离婚。有个混血男生长得高大帅气，在一次偶然的场合认识了艾丽，他向别人打听到艾丽的手机号码，给她发短信约会，艾丽始终没有回他的信息，他就让艾丽的邻居帮他说情，后来还跑到艾丽的宿舍当面表白，但艾丽对他却没有什么特别的感觉，婉言拒绝了他的要求。另有一个东欧的男生，自称有皇室血统，在本国的社会地位优越，也对艾丽表达了他的爱慕之情，艾丽同样没有答应，她觉得就算是白人或者很有钱的人，如果自己没有感觉也不会随便谈恋爱。

　　作为我们来说，其实也并不希望艾丽和外国人恋爱、结婚，那样艾丽就有可能将来在国外定居，我们还是希望艾丽回国工作，离我们近一些。

　　在很多女生通盘考虑自己的恋爱、婚姻和将来能否留在美国等问题的时候，艾丽却无论如何也无法将这两件事情统一在自己身上。她是一个挺较真的人，不可能在感情问题上掺杂其他的因素。而且感情的事情可遇不可求，她觉得只有先提升了自己，才能配得上更好的人。于是艾丽决定暂时不考虑再谈恋爱，先把时间和精力用在学习上，提高自身素质，做一个独立自主的人，绝不能因为寂寞、孤独而去谈恋爱。渐渐地，艾丽很享受自己的单身生活，她觉得寂静也是一种美：就那么安静地待着，放松自己的精神。她还酸酸地对我说："虽然我不聪明、不努力，还挺懒，但我是永远不会离开妈妈的小情人。"

母女、朋友

　　我和艾丽是母女关系，但是很多时候我们会像最亲密的朋友那样交流，这种交流从她很小的时候就开始了，慢慢地，她有了心事都会第一个告诉我。

　　记得在艾丽 13 岁时，学校组织初中一年级新生到素质拓展训练营集训五天，主要是军训、到农田参观和劳动。周一早上去，周五下午回，这是艾丽第一次长时间离开家人，她的同学们也差不多都是这种情况，家长们都有些担心，但是学校组织的活动还是要积极参加的，何况还是一次锻炼个人能力的好机会。那时，孩子们还没有用手机的，但他们住的每个宿舍里都有一部固定电话，于是我们约定每天晚上熄灯前通一次电话，艾丽每天都会在这个时间和我分享她那里的情况，大多是白天的活动内容和遇到的新鲜事儿，听完她的电话后我就放心地休息了。到了第三天，艾丽一个同学的妈妈找到我，说是孩子去了好几天也没给她回个电话，她也不知道孩子宿舍的电话号码，又不好意思给老师打电话，晚上担心得睡不着觉，于是我把这几天艾丽谈到的情况给她复述了一遍，她才放心了。

一直以来，艾丽学习、生活、交往等情况，我都了如指掌。随着艾丽慢慢长大，我不必再事无巨细地照顾她的日常生活，她也逐渐有了自己的生活、交往圈子，我们之间对问题的看法有时也会有分歧，甚至会产生争执，交流的内容也悄然发生了变化，但是我们之间的感情和对彼此的信任却有增无减。

艾丽出国以后，我逐渐意识到，仅仅满足艾丽物质上的需求是远远不够的，从精神上关心她、及时疏导她心理层面的问题是更加重要的事情。我查阅了大量有关留学生生活、学习等方面的资料，也向这方面有经验的朋友请教，帮助艾丽适应新的生活环境和学习方式，精神上给予了她最大的支持。艾丽非常感激我，她说我是"世界上最好的妈妈"，我也觉得艾丽是"世界上最好的女儿"。艾丽对自己的要求很严格，生活上勤俭节约，学习上刻苦努力，日常交往慎重，对同学、朋友诚实、热情，对家人理解、尊重。她遇到拿不准的事情时还是会征求我的意见，但是由于我不太了解她那里的情况，很难马上回答，有必要的话我会去请教有经验的专业人士，然后建议她怎样做，总之我会给她一个满意的答复。有一次，艾丽和她的同学谈论起各自家庭的事情，了解到大部分留学生不愿意听到父母的唠唠叨叨，都是好几天才和家里联系一次，而艾丽不一样，她知道家里人都很挂念她，尤其是我，所以她几乎每天都会给我在QQ上留言，告诉我生活和学习中的事情，忙得没时间时就只留几个字。每个星期艾丽还会和我视频一次，我甚至比她在国内时更加了解她的思想情况。渐渐地，艾丽能够独立处理很多问题，合理安排自己的学习和生活。

有时我能感受到艾丽非常想家，有一次，艾丽要我每天来她的QQ名片赞一下，那时，我一般是用电脑上QQ，请教了别人才知道要用手机上QQ才能点赞。于是从那时开始，我经常给她点赞，以示鼓励。艾丽偶尔会看国产电视剧、电影，她更喜欢那种奋斗、冒险、刺激的情节，不喜欢循规蹈矩、一成不变的故事。艾丽很关心国内的事情，不管是好事还是坏事：

母女、朋友

作家莫言获得了诺贝尔文学奖、环境污染、皮鞋制酸奶果冻等，这些她都知道。有一位对她帮助很大的老师在国内出了车祸，受伤住进医院，她很快就得到了消息，执意让我代表她去医院看望老师。

有一次，艾丽说她的心情很不好，原来是做了一个恶梦，讲给同学听，同学说梦见血不好，这个梦预示会有大灾，她为此忧心忡忡。我虽然不相信这些东西，但是为了解除她的顾虑，还是询问了她梦的具体内容。她说："梦见有人假扮成好人，接近咱家里人，然后杀了我爸爸、叔叔，我很气愤，就去复仇，要杀了他们，打打杀杀的，都见血了。最后惊醒的时候，是因为我的孩子被杀了，不知道咋回事，我第一次梦见我居然有小孩了，很小的，还得抱着，我难过得哭醒了。但是醒来之后半天缓不过劲来，好像真的是自己的孩子被人杀了似的。然后就很害怕，不敢睡了，后来我突然意识到相似的情节曾经出现过，就是同样的梦我连续做了两遍。我现在回想起这些内容，仍然觉得很难过，差点掉眼泪，我第一次有当母亲的感觉，很担心自己的孩子，宁可自己去死，也不能让我的孩子受到伤害。"艾丽还说她以前还做过世界劫难来临的梦，很吓人，在梦里她就紧紧抓住我的手要救我，别人的死活她全都不顾了。我跟艾丽说，是她最近比较累，或者是学习紧张，压力大，晚上睡觉也不能很好地休息，导致睡觉的时候做恶梦。我还查阅了做这种梦的心理学原因：梦见杀人通常见于年轻人的梦中，而梦境画面的场景很可能与曾经看过的暴力电影或电视剧有关。其实梦见杀人并不用太担心，有人总是担心自己有暴力倾向，心理学的解释是，每个人都有潜在的暴力倾向，平时从来没有尝试过的想法或行为有时会在梦中出现，甚至出现血淋淋的场面，也是很正常的。在现实当中，我们有足够的理智和道德去控制自己的行为。但杀人的梦总会让人感觉害怕和焦虑，不要担心，改变一下自己的生活方式，看看喜剧片缓解心情，放松心态，尤其入睡前听听柔和的音乐，睡眠情况就会得到改善。我说我年轻的时候也做过类似的梦，家里的老人告诉我梦都是反着的，事实上也确实没有发生过什么不好的

留学全滋味

事情，所以不要有顾虑，也不要担心有什么灾祸。

　　艾丽不止一次地对我说过：妈妈是我生命中最重要的人，为了你，我会坚强面对各种困难，我知道你永远是我最坚强的后盾，会永远支持我、相信我。

紧张的假期生活

　　5 月中旬，艾丽如期回到国内，开始了暑期生活。回国之前的那几天，艾丽一直处于紧张和忙碌状态，没有得到很好的休息。由于飞机的飞行时间较长，艾丽不知不觉地在航班上睡着了，一觉醒来，几个小时过去了，她感到自己的下肢麻木，腿和脚都已经肿胀起来，去卫生间的时候根本无法下蹲。好不容易回到家，她觉得上肢也开始浮肿。我第二天就带她去医院看医生，做了各种检查，还好不是什么大问题，只是她在飞机上坐了太久，没有活动，导致下肢循环不好，吃了汤药，身体渐渐恢复了正常。

　　艾丽准备暑假期间修几门网课，放假之前她就主动找到指导老师沟通，老师根据她的时间安排，建议她只修两门网课就可以了，多了会太累，可是艾丽为了赶进度，还是决定修三门课程。艾丽回国后的第二周，她的第一门网课就开课了，由于存在时差问题，她听课、交作业和考试常常在夜里进行。第二门课程里，有的授课视频打不开，艾丽的作业和考试都进行不下去，她想找人请教一下，可是国内会计专业的学生和她学的内容完全不同，后来终于打听到一个在欧洲留学的研究生，帮艾丽解决了作业的问题。这位研究生惊讶地说：这些都是研究生的课程内容啊。艾丽感到心里不平衡：学校为了"升级""达标"，对老师和学生的要求都很高，课程那么难，学的是研究生的内容，拿的是本科文凭，岂不是太吃亏了？我从积极的方面开导艾丽：俗话说，书到用时方恨少，在本科阶段学到了研究生的课程内容，不是吃亏了，而是赚了大便宜，到了读研或工作的时候就会轻松了，应该感到庆幸才对。经过刻苦努力，艾丽的三门网课都顺利地通过了考试。

艾丽假期的时间虽然很紧，但是很多事情都做得面面俱到，陪姥姥去医院打针，参加奶奶的寿宴，去外地看望哥哥、嫂嫂还有刚过百日的小侄子，参加同学聚会，和爸爸妈妈去郊游，等等。不知不觉，艾丽的暑假已经接近尾声。

按时回到学校

　　艾丽即将乘坐 2014 年 8 月 22 日早上 8 点 10 分的航班飞往美国。与前两次一样，我们提前准备要带的东西，艾丽的同学们中有很多抱有侥幸的心理，每次都携带一些肉类的食品去美国，大部分人过海关时能够蒙混过去，艾丽斟酌再三，还是决定不去违反规定，只带些必须的物品、药品和书籍资料，分别装了一个大号和一个中号行李箱。

　　8 月 21 日，我们提前一天来到北京，在酒店安顿下来，已近下午六点，晚餐去东来顺吃了涮羊肉，很合艾丽的口味，我们边吃边聊，我嘱咐她路上的注意事项。这次赶赴美国，艾丽的心态已经很平和，情绪稳定，但是这个夜晚，我仍然整夜没合眼，第二天早上 4 点半起床，朋友的车已经等在了酒店的门口，我们匆匆赶到机场，已经 5 点半了，排队、托运、安检、出关……艾丽做起这些事情都已经得心应手，我担心误了航班，买了早餐让她带到候机区去吃。终于到了分别的时刻，艾丽这时显得依依不舍，眼睛里泛起了泪花。没有别的选择，又一次目送艾丽的背影，我默默地告诉自己，一定要坚持下去，我们的努力不会白费的，我们的苦也不会白吃的，今天的离别是为了明天更好地在一起生活！

艾丽在洛杉矶转了一次机，于 8 月 23 日中午顺利回到了学校，可是她托运的两个行李箱却都没拿到，机场的工作人员让艾丽先回学校，他们留了学校地址，承诺过几天会寄给她。

上次艾丽丢失过一次行李箱，那是在纽约打工结束后返回学校的时候，在圣路易斯下飞机后，艾丽的一个行李箱找不到了，航空公司一再致歉，答复会尽快找到行李箱，并在 5 天之内寄送到学校，万一找不到的话，会照价赔偿。物品清单和价格由个人填写，航空公司不会再核实，但是有赔偿金额的上限。好在艾丽在行李箱里放的都不是太贵重的物品，不会超过上限的金额，可是她却更希望能找回行李箱，因为那里面除了在纽约购买的少量衣物，其他都是她自己用习惯了的东西。艾丽几乎每天都给航空公司打电话，强调自己是在美国留学的学生，行李箱就像自己的家，里面几乎是全部的家当，而且为了让接线生认真反映情况，她还表明自己没有多余的钱再买衣服和日常用品。接线生非常同情她的遭遇，答复说可以先开一个 200 美元的支票让她购买衣服和生活用品，艾丽自然谢绝了，只是请求尽快找到行李箱。后来她的行李箱寄到学校，里面的东西一样不少，只是掉了一个行李箱上的轮子。

有了上次的经历，我觉得这次的行李箱一定能找回来的，果然，8 月 26 日，艾丽的大行李箱寄到了学校，小行李箱仍然没到，那里面有艾丽在图书馆借的书，如果过了归还的期限，按照规定要交很高的罚金。艾丽有点着急，她和图书馆的老师沟通，取得了谅解，可以延迟几天还书。

已经 8 月 28 日了，小箱子仍然没寄到，我也有些沉不住气了，问艾丽要了行李托运编号，给北京机场打电话询问，得知国内这边查不到，只能找落地的航空公司查询，也就是要美国那边的航空公司逐段倒查，排查的结果是在洛杉矶机场出了差错，工作人员填错了表格，箱子又寄回了北京，航空公司工作人员表示一定会尽快把箱子寄回学校，如果丢了，会按照规定给予赔付。

　　9月3日，艾丽留言，小行李箱已经寄到学校了，里面的东西也都在，两次丢失行李都能完璧归赵，我们不禁感叹美国航空公司的服务质量确实比较高。

海外关系

　　我们有个移居加拿大的老朋友，带着他 90 年代就去加拿大留学的儿子回国探亲，和我们取得了联系。老友重逢，彼此都很高兴，于是我们在一起吃了顿饭。朋友一家居住在温哥华，和美国接壤，他们经常开车去美国购物、旅游，对美国的情况也有一些了解。朋友的儿子根据自己留学多年的经验，给艾丽提出了几点建议，让我们转告艾丽：

　　关于学习问题：对所学专业要有信心。会计专业虽然学起来比较难，但是将来找工作相对容易一些，对女孩子来说，也比较适合从事会计工作。学习上遇到些困难，是因为出现了瓶颈，一定要不怕困难、一举攻克，不到万不得已不要轻易转换专业，而且最好能够考取会计资格证书或者继续攻读研究生，学历层次越高，越容易找到工作。

　　关于男女关系问题：一定要考虑长远一些，不能急功近利，为了身份或面子，把感情、性格、兴趣等关键的问题忽略了，那样的关系不能长远，到头来只会自食苦果。

　　社会交往问题：多和美国当地人交往，了解美国人的思维方式和行为习惯，这样才能逐渐融入美国社会，对将来找工作也会更加有利。

克服不良情绪：要耐得住寂寞。留学生在国外最难应对的就是孤独、寂寞和无助，要有一套自己排遣寂寞的方法，甚至有时要"享受孤独"，逐渐培养坚强、独立、勇敢的优秀品质，获得自我升华。

另外，朋友还对艾丽的生活方面提出了一些好的建议，艾丽感觉很受用。

我还有个朋友早年去了美国，在著名的卡内基·梅隆大学担任教授，现在已在美国定居，朋友对艾丽也很关心，经常发邮件、打电话了解艾丽的学习和生活情况，鼓励她好好学习，取得好成绩。

我自己也没有想到这些"海外关系"对艾丽提供了这么多帮助，心里感到特别温暖和安慰。

留学全滋味

关于文身

　　艾丽去美国后，发现她所在的学校里，美国当地学生文身的比较多，而且并不仅限于男生，女生也文身。一开始，艾丽很惧怕他们，认为他们野蛮、另类，对他们敬而远之。时间长了，发现有文身的学生不但没有特别叛逆和张扬，而且大都彬彬有礼，后来才逐渐了解到，在美国，文身是很普遍的现象，是一种传统文化。

　　在十几年前的美国，文身还只是摇滚歌手、飞车族、流浪汉乃至罪犯的象征。美国作家威廉姆斯在他的文章里这样回忆自己小时候对刺有文身者的印象："在一群摩托车手的手臂上我第一次见到文身，我的第一反应就是在他们注意到我之前赶紧把视线移开，遇上他们真是太不走运了，他们随时可能冲上来绑架我的妹妹，痛打我的母亲，把我的父亲绑在摩托车上拖着走。"

　　美国的文身原本在古老的部落文化中占据着重要的地位，文身的人大都来自底层社会，一向为主流社会所不屑。现如今，这一久远的传统观念开始被打破，这项古老的传统文化再次焕发出魅力。越来越多的主流人士成为文身的爱好者，演化成当代人张扬个性、吸引别人目光的手段。曾经被视为低级趣味的文身事实上已经征服了文明世界，开始成为一种最时髦的流行元素。布鲁斯·威利斯、安吉丽娜·朱莉、布兰妮、朱莉亚·罗伯茨、哈利·贝瑞等，这些明星无一不加入到了文身者的行列，文身受到了各年龄段人们的一致欢迎，成了潮流和风尚。普通民众通过文身突出个性，美国的文身文化也从一个侧面反映出美国文化尊重个性的特点。

美国《国家地理》杂志估计，15%的美国人有过文身经历，而职业文身联盟给出的数字是超过3900万的美国人有文身，其中22%的年轻人（18～25岁）至少有一处文身。数据统计同时显示，60%的文身者是女性，而中年妇女占有相当比例，她们文身主要是为了树立自信心。

精明的商家自然不会忽略这股潮流，拥有文身图案的玩偶也应运而生。芭比娃娃素来以完美的体形和灿烂的笑容闻名于世。几十年来，尽管芭比在相貌、种族、肤色、发型、语言乃至服装上都经历了各种变化，但是其健康向上的形象始终如一。2001年，在芭比创始人、美国玩具制造商美泰公司召开的芭比设计展示会上，出现了一款令人耳目一新的叛逆娃娃——身着晚礼服的芭比娃娃，裸露的后背上刺着一条醒目的龙文身。

随着文身者越来越多，除去文身也成为时尚。这些人想抹掉的不仅仅是皮肤上的印迹，可能还是他们生命中的一段经历。有些人在年少时一时冲动文了身，现在成为公司白领或公务员，不好意思让人发现自己曾经那么"幼稚"，大热天也不敢穿短袖衬衫；还有人当初文身是为了向心爱的人盟誓，但如今此情已逝。在经历了刻骨铭心的情变之后，他们还要忍受"切肤之痛"。

尽管如此，文身的潮流却一如既往。现代科技并不能完全除去文身的痕迹，不过没有关系，有些文身爱好者会在除去文身的老地方文上新的图案。时尚毕竟是时尚，文身作为一种人体艺术，几千年来流传至今，由此可见其生命力之顽强。

艾丽突然有了想文身的念头，我百般劝说，不想让她去受这个罪，但艾丽还是按捺不住自己的好奇心，在身上不太显眼的位置文了一个小图案，她自己和她周围的朋友们也都觉得非常漂亮、赞不绝口。

"危险"的美国

埃博拉（Ebola virus）病毒又译作伊波拉病毒，十分罕见，1976 年在苏丹南部和刚果（金）的埃博拉河地区发现病毒的存在后，引起医学界的广泛关注和重视，"埃博拉"由此而得名。埃博拉病毒是一种能引起人类和灵长类动物产生埃博拉出血热的烈性传染病病毒，有很高的死亡率，在 50% 至 90% 之间。致死原因主要为中风、心肌梗塞、低血容量休克或多发性器官衰竭。

2014 年 9 月 30 日，美国卫生官员宣布，美国发现首例埃博拉患者，这也是非洲之外首次发现埃博拉患者。

得知这个消息，我们都很担心艾丽，我当即在 QQ 上给她留言，让她加强锻炼、增加抵抗力，别去人多的地方，尽量自己在家做饭吃。可是在 10 月 9 日的中午，艾丽给我留言说她发烧了，刚去校医院看病回来。我一听，立刻紧张起来，赶忙询问她的病情，她说感觉很难受，校医院的大夫详细询问了她是否和从境外回来的人有过接触，并做了各种检查。最后医生说有 80% 的可能是普通病毒感冒，20% 的可能是感染了埃博拉病毒，要想进一步确定，还要继续检查。艾丽说不用继续查了，打几天针或者吃点消炎药就可以了，可是大夫拒绝给她打针、吃药，只是让她回家多休息、多喝水。艾丽说她感到嗓子疼，很痛苦，至少能给开些消炎的药，医生又一次检查了她的嗓子，仍然觉得不太严重，又询问她："如果最痛苦是 10 分，你现在感到是几分？"艾丽说"已经达到 7 分了！"大夫很无奈，勉强给她开了一种消炎药，并嘱咐她，不是太难受就不要吃。

艾丽回到宿舍，按照医生的要求，多喝水、多休息，并没有吃消炎药，第二天就好些了，第三天基本痊愈，艾丽没有染上可怕的病毒，我们都松了一口气。

艾丽和她几个要好的朋友计划周末去距离学校 2 个多小时车程的圣路易斯游玩一天，可是就在之前不久，圣路易斯市刚刚发生一起枪击案，一名不当班的白人警察开枪打死一名非洲裔青年，枪击案发生在圣路易斯市南城一处街区，距离 8 月 9 日非洲裔青年迈克尔·布朗枪击案事发地弗格森区不远。枪击发生后，大约 200 人聚集在事发现场抗议警方行为。一些人还来到一处十字路口，试图阻断交通。一些抗议者向两辆警车发动袭击，导致其中一辆车的后窗玻璃破损。艾丽和她的朋友们一行五人，在 10 月 18 日一早就出发了，逛商场、去超市，又在中国餐馆吃了饭，很是开心，当晚 10 点多才回到学校，我悬着的一颗心才放了下来。

美国的枪击事件、自然灾害、疫情等都时有发生，尤其是枪击事件，根据美国积极推动控枪措施的组织所提供的数据显示，在 2013 年到 2014 年上半年这段时间内，美国校园枪击案就发生了 74 起。国内的人们都觉得这是美国社会的一个非常大的安全隐患，艾丽就在这"危机四伏"的国家，我更是感到忧心忡忡。

2014 年 12 月中旬，艾丽的学校放寒假了，她准备搭乘同学的车，去伊利诺伊大学香槟分校找另一个同学，大家一起放松几天，那几天，美国中部连续下了几场暴雪，给出行带来了很大的不便。香槟分校距离艾丽的学校有 6 个小时的车程，12 月 27 日，她们做好了充分准备，从学校出发，几个同学轮流开车，不知不觉就到了目的地。伊利诺伊大学厄巴纳—香槟分校建立于 1867 年，位于伊利诺伊州幽静的双子城：厄巴纳—香槟市，是一所享有世界声望的一流研究型大学。学校的规模很大，拥有近 40 个图书馆，藏书量居世界公立大学之首，学校的环境优美，设施一流，学术氛围浓厚，学生的素质很高，艾丽和她的同学们大开了眼界。由于中国留学生较多，学校里有很多好吃的中餐：煎饼果子、包子、水饺等等应有尽有。艾丽他们在香槟分校呆了一周，又一起开车去了芝加哥。当时正值寒冬，芝加哥的室外气温接近零下 30 度，她们在芝加哥没有同学，也没有免费住宿的地方，艾丽和几个同学只呆了三天，就回到了自己的学校，艾丽大学期间的最后一个寒假就这样匆匆过去了。

「危险」的美国

增强体质

　　美国的医疗费用很高，看一次感冒就要花几百美元，如果需要做检查、拿药，就会更贵。美国的医生如果认为没有必要服药，是不会给病人开药的。虽然艾丽每年要交 800 多美元的强制性医疗保险，但是为了方便，艾丽每次回国还是要带些常用药，以备不时之需。有一次，艾丽患了感冒，嗓子疼，浑身难受，同学带她去了学校的医院，护士先给量体温，然后详细记录病情，到了医生那里，看了看嗓子，听了听肺部，说问题不大，回去多喝水、多休息，几天就好了。艾丽要求医生开点药，说是太难受了，医生一口回绝了她的要求，说艾丽患的只是普通感冒，根本不需要吃药，多喝水就可以了。艾丽回到宿舍，还是吃了些国内带去的感冒药。有一天夜里，艾丽发烧了，学校的医院已经下班，同学把她送到附近的医院，做血常规化验，开了感冒药，吃上后病情很快得到控制，总共花了 900 多美元，由于艾丽已经交了医疗保险，个人只承担了 20 多元的费用。

　　为了应对美国这种"缺医少药"的局面，我给艾丽发过去一个按摩疗法的视频链接和相应的反射区位置图，按揉身体的相应位置，对平常出现的小毛病，像感冒、咳嗽、晕车、闹肚子等，有预防和治疗的作用。有一次，艾丽的鼻炎犯了，我给她说按摩迎香穴会管用，并告诉了她取穴的方法。按压此穴可治疗鼻炎、鼻塞、流鼻水、感冒等等，如果上齿疼痛时，指压该穴，也可以快速止痛，艾丽很快掌握了这个方法，经常按揉迎香穴。慢慢地，艾丽也习惯了很少吃药，小病小灾的不去管它。

艾丽的学习紧张，有时不得不熬夜，作息时间会产生紊乱。我提醒她一定要注意这个问题，并发给她一篇"黄帝内经十二时辰养生法"。中医把每天划分为12个时辰，每个时辰对应一个经络，生活规律就会身体健康，这是很有科学道理的。我给艾丽说：尽量把作息时间调整好，尤其是晚上11时到凌晨1时期间是子时，胆经当令，这时候睡眠，对消化系统的养护最重要。丑时是凌晨1～3点，这时的深度睡眠是对肝经的最好养护，补气养血，等等。

艾丽小的时候体质一般，但她的性格活泼好动，我们就有意识地培养她的体育运动兴趣，希望能增强她的体质。艾丽从小学开始就参加了学校的排球队，学会了游泳，练习过跆拳道，她最喜欢的运动项目是练习瑜伽，尽管如此，艾丽的身体素质仍然不是太强壮，有时患了感冒会很长时间都好不利索。艾丽出国留学以后，她的学校体育馆里硬件设施一应俱全，而且完全免费，艾丽经常去体育馆锻炼身体，学会了更多的体育项目：保龄球、台球、壁球等

体育馆的运动器械

等，有时还去校外练习射击、骑马等。以前艾丽的胃有时会不舒服，偶尔会腹泻，不敢吃凉的和难消化的食物，每到春季和秋季，就会犯过敏性鼻炎，现在这些毛病都没有了，体质明显增强，患普通感冒的话，不用吃药，休息一天就好了。

　　从体育运动方面来看，大部分中国人没有运动意识，艾丽几乎每次去体育馆锻炼时都找不到中国女生做伴，于是她就自己一个人去，或者和美国同学一起去。美国人对体育运动大都很重视，甚至是一种生活习惯，女生也经常去锻炼身体，各个年龄阶段的锻炼方式也不同。他们中很少有人生病，看一个美国人是否勤奋，看身材就知道了，美国人大部分都是浑身肌肉，精力充沛，给人感觉充满活力、阳光向上。艾丽的身材不胖，甚至比标准体重还轻一些，她锻炼身体是出于身体健康和对体育运动的爱好，并且她一直认为坚持锻炼身体本身就是对意志的锻炼，我很赞同她的观点，健康的体魄会使人的心态也健康，会感觉更加愉快。我提醒她锻炼身体时先做准备活动，注意方式，强度也不要过大，过大的运动量反而会对身体有害，尤其是心脏，因为黄种人和白种人的体质是不完全一样的，适合自身的锻炼方式才是最好的。

又老了一岁

2015 年 4 月，又到了我和艾丽的生日，艾丽说她又"老"了一岁，因为马上要毕业了，不知毕业后能否在美国顺利找到工作，艾丽感到压力很大。这段时间，我的工作非常忙碌，但我还是给艾丽写了一封短信，祝她生日快乐：

亲爱的艾丽：

自从你出国以来，每到我们的生日我都会提前很多天开始构思给你写信，但是今年，我们的生日是在如此繁忙的学习和工作中度过的，我甚至没有时间好好地吃顿饭，即便是这样，我却并没觉得遗憾，相反却感到一种久违的刺激和兴奋，很久没有这种感觉了，我想这就是生活的不同角度带给我们的乐趣。

今年，你即将迎来的生日也是很特别的，因为明年你很可能要在工作岗位上过生日了，这听起来或许有些失落，甚至无奈，但是毕竟每个人都要经历这一步，其实从另一个角度看，这何尝不是一种新生活的开始呢？新的开始从来都是从旧的结束中孕育出来的，所以，我们应该用一种积极、坦然、充满信心的姿态来迎接即将到来的生活，虽然我们知道未来会有困难、有坎坷，甚至会有痛苦、有泪水，但是那又怎样？困难和坎坷过去，我们一定会有收获，痛苦和泪水过后，我们一定会有快乐！我们要做的就是要珍惜生命的每个阶段，踏踏实实地走下去，多姿多彩的生活正是通过这些不同的感受来体现的。所以，妈妈要在你本科即将毕业的这个生日来临之际，预祝你生日快乐，勇敢地大步走向下一个阶段的新生活！尽管未来充满了挑战，结果也是未知的，但是，这个结果中肯定会有的就是前所未有的新体验，这样的未来不是很值得我们期待吗？

乐观的心态能带给我们喜悦，坚强的意志能克服任何困难，更会给我们带来健康、幸福、幸运、惊喜、成功等等一切美好的东西，总之那是一片光明和灿烂的前景，让我们来共同迎接她！

希望你能喜欢妈妈给你的这份祝福！

祝生日快乐、心想事成！

毕 业 前 夕

2015年春季学期，也是艾丽本科阶段的最后学期，课程难度大，学习时间紧，她根本没有时间出去实习，只能毕业之后直接去找工作。

艾丽和我们多次讨论过她将来是在美国找工作还是回国发展，这个问题我们都感到很矛盾：从感情上说，我希望她回国，最起码能够经常和她见面，但是，艾丽毕竟在美国学习、生活了四年，她应该自由选择适合自己的路。美国的环境优美，几乎没有污染，科技发达，生存压力相对较小，人际关系简单，文明程度较高。人们的素质也很高，当地人基本不会丢失东西，有一次艾丽的同学坐校车的时候弄丢了手机，司机把手机送到了校警办事处，办事处的工作人员及时归还给了失主；在网上买东西，快递员会把包裹送到买家的门口，如果恰好主人不在家，过三四天后再回来，门口的东西也不会丢失。但是，美国终究不是自己的国家，艾丽有时候还是会感到不适应，觉得自己的"根"在中国，有些美国人歧视中国人，基本上不与中国人来往，但他们对日本人、韩国人却要好很多。大部分中国留学生都希望毕业后在美国留下来，但是，由于近几年的金融危机，美国的失业率持续增长，当地人找工作都比较困难，中国留学生在美国找工作更是越来越难，如果一年之内找不到长期工作，只能回国。在美国找工作时也讲"关系"，有熟人、有亲戚朋友推荐，找工作就会容易一些，有点"担保人"的意思。留学生要想获得更多的机会，就要多接触当地有能力、有实力的人，才能有更多的机会。这些说起来容易，真正做起来却很难，文化、爱好不同，交流起来就会有障碍，如果英文不好，找工作就更加困难了。艾丽学校几个学习成绩非常好的高年级中国学生，毕业前后投递了无数简历，才找到工作。艾丽对此虽然早有准备，但她想起找工作的事情，还是心里没底，好在艾丽有过打工的经历，这对找工作会很有帮助。

按照艾丽学校的规定，接近毕业的学生会提前一学期收到学校的邮件，邮件内容是提醒学生学分即将修满，可以申请毕业。学生需要去学校填写申请表，并在申请表上注明是否参加毕业典礼。留学生还可以要求学校向国内的学生家长或亲属提供参加毕业典礼的邀请函，和国内的高校不同，在美国，毕业生的家长或亲属是"理所当然"要来参加毕业典礼的，他们提前很多天就动身来到学校，一些住在欧洲、非洲、亚洲的学生亲属，更是不远万里从异国他乡赶来，参加毕业典礼。

艾丽按照程序填写了申请表，提前几天去学校领取了学士服和学士帽。本来我们也是要去参加艾丽毕业典礼的，但家里有生病住院的老人，实在走不开，只好作罢。

毕业典礼于 2015 年 5 月 16 日下午在学校体育馆隆重举行，艾丽说，往日人迹稀少的校园里一下子热闹起来，人来车往，友好的问候声不绝于耳。彩带、气球和花束环绕在体育馆周围，到处充满了喜庆的气氛。商学院，文学院，理工学院，教育学院等各个学院参加毕业典礼的学生提前在指定的区域集合，由教授带领他们进入毕业典礼会场。会场中心的场地上摆放了十几排椅子，这是毕业生的坐区，校长、副校长、发言的老师、学生等在前面的主席台就坐。主席台上方有一个很大的屏幕，发言人的影像会呈现在屏幕上。四周的看台上座无虚席，人们的肤色不同，语言各异，但是喜悦的心情都一样，大家欢聚一堂。

时针指向下午2：00，毕业典礼准时开始。全体人员起立，乐队奏响美国国歌，首先由校长讲话，他祝贺毕业生们迈出了人生最关键的

毕业典礼现场

一步，并对他们寄予厚望，希望学生们在新的岗位上发挥自己的聪明才智，努力拼搏。最后，校长说，现在请同学们起立，向你们的父母、朋友致敬，感谢他们对你们学业的支持！整个体育馆沸腾了，一千多名毕业生站起来，有的向空中抛掷学士帽，有的面向四周的看台拼命挥舞手臂。许多头发斑白的父母流下了欣慰的泪水，有的妻子挥舞着鲜花，高声叫喊着丈夫的名字，

还有小孩子为毕业生妈妈送上他们的飞吻。随后教师代表、荣誉学生分别发言。既庄重又热烈的时刻到了，毕业生们开始陆续上台，接受校长颁发的毕业证书，并由专业摄影师拍照。看台上的观众纷纷站起来大声欢呼，以示祝贺，体育馆里成为一片欢乐的海洋。

毕业典礼结束了，艾丽本科阶段的学习也画上了圆满的句号，艾丽为此付出了

毕业典礼现场

四年的光阴和艰辛的努力，时光一去不复返，一桩桩往事已经深深地铭刻在我们的脑海里。我问她："留学生活那么艰苦，你后悔了吗？"艾丽的回答是："妈妈，四年来我吃的苦非常多，以至于我自己都难以想象是怎么熬过来的，我甚至无奈地感叹过：自己选的路，跪着都要走完。但是毫无疑问，出国留学是我做过的迄今为止最无悔的事情，她使我蜕变成为全新的自己！"是的，美国留学带给艾丽的不仅是一纸文凭，而是宝贵的人生经历，必将对她今后的生活产生深远的影响。

　　有人曾向我提出过质疑，拿出那么多资金让孩子留学是否划算？其实，这是一个见仁见智的问题。那些悲与欢、酸与甜、苦与乐等等太多留学的滋味是与以往完全不同的人生感受，为我的心灵打开了一扇窗，让我经常在寂静的夜里去回味、去思考、去从另外的视角看世界！